公元787年,唐封疆大吏马总集诸子精华,编著成《意林》一书6卷,流传至今
意林:始于公元787年,距今1200余年

纯正+阳光+向上
为中国女生量身打造优质课外读物

小淑女 MiniMiss 淑女文学馆 至上温情系列001

雪捎来封信

简蔓 著

北方妇女儿童出版社
·长春·

Mini Miss 出品

版权所有　侵权必究

图书在版编目（CIP）数据

雪捎来一封信 / 简蔓著 . -- 长春 : 北方妇女儿童出版社 , 2019.10

（淑女文学馆 . 至上温情系列）

ISBN 978-7-5585-1589-7

Ⅰ.①雪… Ⅱ.①简… Ⅲ.①长篇小说—中国—当代 Ⅳ.① I247.5

中国版本图书馆 CIP 数据核字 (2019) 第 208039 号

雪捎来一封信
XUE SHAOLAI YIFENGXIN

出 版 人	刘　刚
出版统筹	师晓晖
策　　划	阿　朱
执行策划	靳　丽
责任编辑	吴　强　王　婷　吴宛泽
图书统筹	绿　茶
特约编辑	靳　丽
绘　　图	阿　栗
书籍装帧	胡静梅
美术编辑	张云丽
作家经纪部	卢晓凤
开　　本	880mm×1230mm　1/32
字　　数	300 千字
印　　张	6
版　　次	2019 年 10 月第 1 版
印　　次	2019 年 10 月第 1 次印刷
印　　刷	三河宏图印务有限公司

出　　版	北方妇女儿童出版社
发　　行	北方妇女儿童出版社
地　　址	长春市龙腾国际出版大厦
电　　话	总编办：0431-81629600　发行科：0431-81629633

定　价　26.80 元

如发现印装质量问题，请与印务部联系退换，电话：010-51908584

幸运的人，一生都被童年治愈；
不幸的人，一生都在治愈童年。
——阿尔弗雷德·阿德勒

Contents 目录

- 001 | 楔 子
- 第一章 | 003
  在雪地里藏一个秘密
- 第二章 | 019
  所有的相遇，都像风
- 第三章 | 035
  在秋天里重逢

Contents 目录

- 065 **第四章** 日落之后，至少还有星星
- 095 **第五章** 丰满羽翼，为梦想
- 123 **第六章** 修补每一处人生缺口
- 151 **第七章** 与我的大叔相逢在永远

楔 子

陶知遇总是有很多疑虑。

关于为什么出生、为什么活着,关于爱与恨是一种怎样的情绪,关于愤怒悲伤的来源、累积、清理方式,关于人生最终的需索,关于世界的方方面面……

所以,在她眼中,每件事、每个人都是问号的形态。

她捕捉、探寻、观察,在心中的冒号后面慢慢列出详细的解题过程,最后用一个等号,为它们归结。

她其实也不确定那些答案是对还是错,她还以为,成长就应该是茫然的、困惑的、模棱两可的。

但十岁那年,她遇到了二十五岁的方云祈。

警车上。

十岁的陶知遇问坐在身旁的警察:"你几岁了?"

方云祈回视着她,道:"二十五岁。"

陶知遇数了数手指头,惊讶地感叹:"真老啊,比我老一倍还多。"

方云祈挑挑眉,警队里大都是比自己年长很多的前辈,他习惯了被人说年轻,已经忘了自己的人生其实已经度过了三分之一。

陶知遇的这句话提醒他,生命有限,应该尽早放弃犹豫,投身心之所向。

方云祈的婚礼现场。

陶知遇把一束漂亮的捧花递给新娘,趁其去招呼客人时,转头对责怪她乱花钱的方云祈说:"我马上就十八岁了。"

因为从商多年,方云祈的笑容中有了几分圆滑老成,他反问她:"然后呢?"

亭亭玉立的少女,伸出一根食指严肃申辩:"别再把我当小孩儿教育了。"

方云祈无法克制地笑出了声:"你这句话说出来就挺小孩子气的。"

从此,陶知遇意识到,真正的成熟是不要说,但去做。然后,她用沉默努力的十年,换取了业内顶级服装设计师的头衔。

医院。

四十五岁的陶知遇站在病床边,审视着即将手术的方云祈。他已经年过六十,头发花白,生了重病,精神状况也不好。

明明鼻子很酸,但她还是微笑着打趣:"你可别急着死,没有你做参照,我很快就会老的。方叔,你再挺一挺,好不好?"

后来,方云祈奇迹般地康复了。

那以后的每一年,陶知遇和方云祈都会在初识的日期相约吃饭,庆贺他们成为朋友,成为亲人——

成为彼此人生中的正确答案。

第一章

在雪地里藏一个秘密

记忆可狡猾得很，许多快乐幸福的瞬间都会逐渐被时间模糊。但那些做过的错事，伤害过的人，非但抹不掉，还会在每一个你差不多淡忘的时刻，跳出来惊吓你。

你听过车子行驶在雪地上的声音吗?

陶知遇仿佛能想象到那些雪花在轮胎的碾轧下,由蓬松纯白挤压成黑色扁实的样子。如果用拟人手法来表述的话,那些"咯吱咯吱"的声音,就是雪的哭声。

雪的哭声和妈妈的啜泣声交织在狭小的车内空间,形成了奇妙的两个声调。

扯了扯捆绑在身上的安全带,她轻轻呼出一口气。

车子的密封性很好,所以萦绕的酒气丝毫都没有得到发散。十岁的陶知遇从未尝过酒的味道,但今天,她已经充分得到证实,自己讨厌酒味。

皱了皱鼻子,陶知遇把目光转到车窗外,这会让她感觉好受些。

雪天的天色呈现出无尽的灰白,整个世界都像被污染了似的,脏兮兮的。

她想起七岁那年的冬天,爸妈带她去小区楼下的小广场上打雪仗,团了雪球攥在掌心,她把手背在后面,悄悄靠近正帮妈妈系围巾的爸爸,雪球丢出去的刹那,爸爸挥手挡开,大步向前抓住她,佯装惩罚般将她举得老高。

那时候,陶知遇咧着嘴巴,在凛冽的寒风中,抬头看到的那片天空,分明纯洁明亮。

是她记错了吗?

车子打了个滑,陶知遇的身体猛地倒向右边,又被晃回了左边。

她回过神,双手抓住身体两侧的座椅套,望着情绪依然很激动的妈妈,不安地眨了眨眼睛。

一个念头突然涌进脑海:如果她和妈妈从民政局回家的路上出了车祸,爸爸会不会后悔坚持离婚的决定?

她会死吗?

死会疼吗?

陶知遇全神贯注地胡思乱想:死后会去哪里?应该不会有意识了吧?肯定也感受不到任何情绪了吧?

像现在心里闷闷慌慌的那种感觉,她不太喜欢。而单靠她浅薄的知识量,好像也无法精准地解读这种情绪。

离婚对妈妈意味着什么她不知道,但陶知遇在民政局门口跟爸爸挥手道别时,有一个很直观的困惑——之后她的同学玩伴问起她的爸爸,她应该怎么回答?

忽然刹车,陶知遇的整张脸冲撞到前座椅背,有热热的液体自鼻子涌了出来,她伸手去抹……

流鼻血了。

陶知遇抬起头,犹豫着要不要跟妈妈说,她担心鼻血弄脏座椅会令她不高兴。

奇怪,她从前可从来不会担心这种事情。

家庭结构的变化,家庭体系的瓦解,让陶知遇内心稳固的感情网撕裂了。

她开始找不到自己的位置,也找不到妈妈的位置,也因此忘记了两个人该如何交流相处。不仅如此,她甚至感觉自己好像从此刻起,需要开始重新认识人生中的所有人。

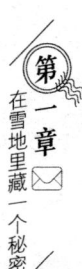

第一章　在雪地里藏一个秘密

明明已经成长了十年，可从前的生活仿若一个玩笑，成为永远寻找不到的过去。

现在，她重新"出生"，在陌生的世界仓皇奔跑。

"驾驶证。"冷厉的声音伴着窗外的寒风一起扑入车内。

直起身子，陶知遇看到了一位身穿警服的叔叔。那人有着十分英武的五官，他皱眉头盯着陶知遇的妈妈，又微微探身，朝她的方向看了看。

陶知遇吸吸鼻子，鼻血好像凝固了。

"喝酒了吧？孩子的鼻子都撞破了，为什么不装儿童安全座椅？"他把驾驶证一合，掏出一个什么仪器递到妈妈嘴边，命令道，"吹一下。"

妈妈紧紧抓着方向盘，只顾着哭，拒绝配合。

"我让你吹一下，听见没有？"年轻的警察提高了音调，表情威严起来。

陶知遇虽然年纪小，但也知道酒驾违法，她静静坐着，思考该怎么帮妈妈解围。

似乎应该哭？

她酝酿眼泪，又做出一副可怜的表情，正要开始表演，那名警察就把胳膊探进车窗里，打开车门，将妈妈拉了出去。

陶知遇愣了一下，收回眼泪，解开安全带，也跟着下去了。

她没觉得害怕。

对十岁的陶知遇而言，承受过父母离婚的"怕"，其他的还能算什么？

2

陶知遇知道，她比同龄的小孩子聪明一些。这不是她说的，是周围的大人告诉她的。他们还有理有据地指出——比如，她懂得察言观色，她更敏感，她的感知意识很强。

再大一点的时候，陶知遇就懂了，她的这种"聪明"其实经不起推敲，相比起来，她只不过是更安静而已。

当你安静下来，就能听到很多人不易察觉的声音。

雪花飘落的轻微沙沙声、车辆行驶带动的风声、妈妈越来越激烈的哭声，还有那名警察已经有些不耐烦的叹气声……

陶知遇由此依稀得出一个重要的结论：妈妈的悲痛非但没有得到警察的同情，还让他很无奈，他不时看向后面越排越长的车队，有些司机焦躁地鸣起了喇叭。

陶知遇站在一边，歪着头冷静旁观这一切。

两个大人争执不休，说到激动处，妈妈忽然伸手推了警察一把。男人似是终于忍无可忍，反手抓住妈妈的手腕，要强行带她上警车。

陶知遇的身上已经盖满了雪，她追上去时，好像能感觉到那些蓬松的雪从衣服上轻巧地跳起来，但又因为她下一秒钟的顿足，而再度落回肩上。

妈妈的喧嚷戛然而止，她整个人直挺挺地向后倒去。

陶知遇下意识地伸手去扶，这才发现，妈妈倒下的地方其实离自己还有些距离，几片雪花落在她手上。

妈妈给她穿得很暖和，雪花碰触到温热的掌心，瞬间融化了。

陶知遇感受着融化的雪水，抬眼茫然地看向表情由怔愣转变成惊慌的警察，他手忙脚乱地抱起妈妈，然后将她放在车后座，又回头招呼她："哎，小朋友！"

见陶知遇愣着没动，警察一个箭步冲上来，拎起她，塞到了副驾驶的位置。

帮她系好安全带之后，他回到驾驶座，边打电话边发动警车。

"出了点麻烦。"他眼神朝下瞥了陶知遇一眼，简洁地解释，"我得去趟医院。"

警笛掩盖了所有声音，车子开得非常快，陶知遇双手抓着安全带，开始觉得不安。

她回头看了看眼睛紧闭的妈妈，语调平静地问："叔叔，我妈妈会死吗？"

警察有些惊诧地看了她一眼："不会。"他很肯定，甚至有些冷漠地说。

不耐烦的警察仍然是值得信任的。

经过医生诊断，妈妈的症状只是因情绪激动和酒精量摄入过多导致的昏睡。

陶知遇坐在病床前，看着医生给妈妈打了针，警察的身影在病房门口来回穿梭，不久后，他拿着一沓缴费单据和几盒药回来了。

他把陶知遇叫出去，问："你爸爸呢？"

啊，这个问题……陶知遇本来就还没想到很好的答案，索性实话实说："我爸妈离婚了，妈妈说，除非她死，不然绝对不许我去找爸爸。"

警察的眉头当即皱成一团。

在陶知遇的认知里,他是个即使表情不好看,也不影响英俊相貌的叔叔。

"你没有其他亲人?"他又试探着问,"外婆?舅舅之类的?"

"我妈妈是独生女。"陶知遇乖巧地回答,"我外公外婆很早就过世了,我没有见过他们。"

警察伸手摸摸后颈,呼出一口长气,满脸都是无奈。思考了一会儿,他又说:"你家里的地址你总该知道吧?"

陶知遇点点头,并且感到一丝庆幸。

得亏爸爸把房子留给了她和妈妈,不然现记一个新门牌号,她肯定是记不住的。

警察用医用轮椅将依然昏睡的妈妈推回车上,然后按照陶知遇给出的地址送她们回家。

发动车辆时,他接到一个电话。

"唉!"他拖着长音,"可别提了,回去再说吧。"挂断电话后,他又下意识地瞥了陶知遇一眼。

车厢里又出现了那种令人压抑的沉默,像一个鼓胀的气球,摇摇摆摆,轻微的触碰就能爆破。她不喜欢这种提心吊胆的感觉。在等红灯时,陶知遇转过头,问道:"你几岁了?"

大约是没想到自己会主动说话,他愣了一下,才答:"二十五岁。"

陶知遇伸出手指头,旁若无人地算了算,不禁惊讶地瞪大了

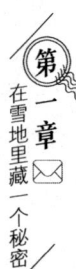

眼睛："真老啊！"她咧了咧嘴角，笑得有几分得意，"比我老一倍还多。"

警察被她噎得一时间不知道该说些什么。

"我叫陶知遇。"她大大方方地自我介绍，"叔叔叫什么名字？"

"问这个做什么？"

"以后我会写一封感谢信到警察局的。"陶知遇信誓旦旦地承诺，"谢谢你救了我妈妈。"

警察叔叔露出自见面后的第一个笑容，但那个笑容跟普通的笑容好像不太一样……

"那你可得记好了。"他从制服胸前的口袋里掏出一张罚单，递到陶知遇眼前。

陶知遇的目光掠过上面密密麻麻的条款，落在最后的交通警察签名章上。冬日灰蒙蒙的光线中，她用手指着，一个字一个字地认："方云祈。"

周末结束，陶知遇恢复了正常的上课程序。妈妈似乎很忙，早上送她到学校门口，没做停留，就匆匆往地铁站赶去。

她的驾照和汽车还被扣押在交警支队，应该是在解决这件事情吧？陶知遇想着，转回视线，用手搓了搓羽绒服上的大团污渍，丝毫没有去除，她只得调整了下书包肩带，盖住那里。

因为父母忙着离婚，她已经没有一件干净的外套可以穿了。

还好一上午过去，没有人问起她穿脏衣服的原因。好像也没人看得出她的家庭已经分崩离析了。陶知遇在午休时，悄悄舒了口气。

她从书包里拿出保温袋里的便当盒，打开的一瞬间又猛地合上了。

里面什么吃的都没有。是妈妈忘了装，还是她根本就没有做？陶知遇垂下眼睛，在同学们畅快分享美食的同时，独自安静地消化完内心的慌乱。

同桌家就住附近，中午会回家吃饭。隔着两边过道的同学要么凑在前面，要么凑在后面，大家一起欢乐地大快朵颐，没有人注意到她。陶知遇不能在这个时候拿着便当盒出去，她不善于说谎，所以要避免做出奇怪的举动，以免被人问及缘由。想了想，她拿起勺子，埋着头，一口一口吃着空气。

舌尖的虚空，奇怪的咀嚼力度……恐怕很多年以后，陶知遇都不会忘记这一刻嘴巴里的感觉。

计算着以往结束用餐的时间，约莫二十分钟后，她起身，拿着空空如也的饭盒往教室外面走。没有人察觉出任何异样，除了转进楼道时，陶知遇肚子里不自觉发出的一声"咕噜噜"的声响。

她照例洗了饭盒，拿在手上风干里面的水，塞进保温袋。

饥饿使人清醒，下午的课陶知遇听得前所未有的认真。因为注意力集中，时间竟然也过得比往常快很多。放学铃声敲响，喧闹的教室在十分钟后恢复安静，她托着下巴望向窗外。

妈妈晚了很久才来接她，她看起来十分疲惫。陶知遇沉默地跟在她后面，步行去乘地铁，看样子，车子和驾照没有要回来。

第一章 在雪地里藏一个秘密

方云祈。

陶知遇在下行的扶梯上想到这个名字，室外的明亮逐渐被地下铁里昏暗的光线取代。这一刻，她似乎有点明白，他那个笑容为什么看起来跟普通的不一样。

因为，不信任。

他从一开始就不相信会得到她的感激。

在地铁上，妈妈接了个电话，她用一只手捂着耳朵，表情认真而严肃地听着对方说话，而后慢慢舒展眉头，一迭声地说着"谢谢"。

"咱们的车有望拿回来了。"妈妈挂断电话，对陶知遇说。

"不是交了罚款就能拿回来吗？"陶知遇的脑海中浮现出那张酒驾罚单，还依稀记得上面的数字。

"我为什么要交罚款？"妈妈的眉头扬了起来，"那个警察自大又没礼貌，我被他推晕倒这事儿还没了结呢！"

"是你自己晕倒的。"陶知遇提醒她。

"别胡说八道！"妈妈瞪着眼教训她，"到底是怎么晕过去的我最清楚，小孩子少插嘴！"

陶知遇垂下眼睑，点点头。

她其实没想过妈妈到底打算做什么，也无法预知她将以什么样的方式颠倒真相。她不懂大人的世界，当然就不会知道那里藏着多少阴暗角落。

作为一个十岁的孩子，陶知遇自认为，她已经很棒了。她在妈妈离婚之后，没有给她添麻烦，独自吞咽着每天中午的空气，忍受饥饿，不动声色地继续生活。这已经是她能做到的最大限度的体贴了。

但显然，没有人试图体贴她。不过也是，谁会体贴小孩子呢？

几天后的中午，陶知遇正专心表演着"吃饭"，有男生突然冲到她身边说道："不得了了，陶知遇，你妈妈上微博热搜了！"

她没来得及护住那个空饭盒，男生的目光在她的空饭盒和空勺子之间来回游移了几次，倒吸一口气，诡异地问："陶知遇，你有病吧？为什么吃空气啊？"

陶知遇的妈妈上热搜和陶知遇吃空气的事情一起在学校传开了。

面对大家热切的嘲笑和质疑，作为话题中心的陶知遇并没有多么愤怒。在她看来，和父母相互困扰，反而是一种平衡。不过，她也确实会忍不住惊讶，网络可真是太厉害了。

机动车道上，妈妈和方云祈一起争执的画面被路过车辆上的乘客拍下来，发布到网上。然后事态就一发不可收拾起来。

那个视频，陶知遇也在同学的手机上看过了。

拍摄的人应该离他们挺远的，虽然镜头拉近了人物，但是根本听不到声音。仅靠画面来判断，方云祈就成了欺凌手无缚鸡之力的女子的恶人了。

那条微博发布后，一开始也没激起什么水花，但是有位苦苦寻觅新闻素材的记者碰巧看到，也不知道她动用了什么方式，总

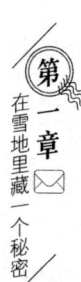

之,顺利和妈妈取得了联络。

得知那天妈妈是因为和丈夫离婚而悲伤烦闷,才喝了啤酒导致酒驾之后,她配以动情的文字渲染,作为知情人转发了那条微博。

因为打着记者的旗号,立刻获得了很高的关注度。

评论里说什么的都有,有人认为酒驾确实违法,交警拦截无可厚非,但是把司机拖拽至晕倒就太没人情味了;有人言辞凿凿地分析,警察的暴力行为一定会给孩子造成非常严重的心理阴影。以至于,那条热评下面有很多网友因为可怜陶知遇而愤怒地表示,一定要人肉出那名交警,让他道歉并且脱掉警服;还有几位本地司机匿名声称,这名警察名叫方云祈,是少见的查酒驾态度较真的交警,司机论坛上早有人发帖,开车遇到他最好绕道走,不然一定会搭上大半天的时间堵在路上……

陶知遇低估了舆论的力量,随着事件的持续发酵,全校师生对她展现出前所未有的同情和怜悯。就连之前带头嘲笑她吃空气的男生都特意跑来跟她道了个歉。

那男生可是全班最瘦弱的宋城,平均三天感冒一次,是公认的重点保护对象。他拎着一袋面包,颤颤巍巍地跑来对她说对不起,这让陶知遇没来由地恼怒。她被这个可怜鬼可怜,那真是可怜到极致了。

总之,这些莫名其妙的友好让她窒息。

"我不要你的面包。"陶知遇很不识趣地推了一把比自己高半头的男生,背着书包气冲冲地走了。

"陶知遇,你真不识好歹!"宋城在她身后没好气地嘀咕道。

女生脚步飞快地转弯，逃跑的姿态像是要极力甩开什么。

"知遇？知遇！"等在校门口的妈妈赶上来，抓住她的胳膊，"你走这么快干什么？"

陶知遇下意识地挣开，后退了一步。深呼吸了一下，她说："我没看见你。"

"一天天的，不知道你都在想些什么。"妈妈不耐烦地说着，迈步向前走去。

自始至终，陶知遇都没有跟妈妈讨论过有关酒驾的那件事，她怕自己一开口就忍不住点评对错。

妈妈并不需要她提醒对错，她知道自己在做什么。只不过，愤怒的成年人也会失去理智，而且，他们的失控更可怕。

爸爸出轨这件事的愤怒，妈妈现在找到了发泄的出口。

"要是那个交警来学校找你，你就立刻找你们班主任，让她打电话告诉我。记住，不要乱说话。"下地铁之前，妈妈回过头嘱咐她。

最近几天，这句话陶知遇已经听了不下十遍。她知道，妈妈也心虚。心虚的人总会担忧很多。

陶知遇已经连续做了好几天噩梦。她在漆黑的深夜惊醒，眼前浮现出方云祈紧皱眉头的面孔。他没有责怪她，他什么动作都没有，就只是沉默着看她。

可那眼神令人不寒而栗。

陶知遇自己分析，应该是她对方云祈了解太少了。那么短暂的相处，让她即使做梦，都无法脑补他发怒的样子。

第一章 在雪地里藏一个秘密

但她毫不怀疑,那个人会发怒。

被全网诽谤,名誉尽毁,还面临着被处分的后果。这突如其来的横祸,谁能坦然面对?

可是,令人难以置信的是,方云祈一次都没来找过她。

他是觉得十岁孩子的话不可信?还是认定她一定会站在妈妈那边?陶知遇不得而知。

但她对方云祈毫不挣扎地接受攻击与伤害,而感到分外坐立不安。

又过了几天,同桌在自习课上神秘兮兮地捅了捅陶知遇的胳膊,然后将手机推到她眼前。

本地交警队的官方微博发布了公告,先是说明酒驾行为在任何情况之下都绝不可姑息,即便陶知遇的妈妈事出有因,仍然无法避免被扣押驾驶证六个月的处罚。而对于交警方云祈的过激行为,警局内部已经进行了严厉批评,并表示他做出如此没有爱心,对民众不负责任的行为,实在不配成为人民尊敬、信任的警察。因此,经过上级领导严肃讨论,最终决定免去方云祈的交警职务,以儆效尤。

陶知遇以为,方云祈这次一定坐不住了,他一定会找她和妈妈的麻烦,说不定还会报复她们。

但她等了一个月,一切风平浪静。

层出不穷的新热门话题取代了酒驾带来的所有关注,妈妈也似乎渐渐走出了离婚阴霾,重新进入职场,开始拥抱新的生活。

没有人再提起方云祈的名字，他和她们的这场短暂交会，像人生高速路上的一场离奇车祸，伤者不知所终，而肇事方担忧了几天，便面不改色地重归平静。

此前，陶知遇担心方云祈会突然跑来学校责问她，所以特意揣度了许多适合说出口的答案。她背诵得太熟练了，以至于，那些句子现在像一堆无用的垃圾腐烂在心底。

不能暴露，当然也就无法清理出去。

陶知遇不免忐忑地思虑：会不会有一天，她的心因为被垃圾侵蚀而发臭、整颗烂掉？

只是想一想，她就忍不住伸手掩住了鼻子。

一直到很久以后，陶知遇结束小学生涯的那天。妈妈参加完她的毕业典礼，她们一起开车回家。

路上下起雨，妈妈边放慢车速，边与她谈起自己新交的男朋友，问询她的意见。

十二岁的陶知遇看着来回摆动的雨刷，闭口不语。

"我问你话呢！"妈妈失去耐心，扭身用眼神责备她。

陶知遇语调淡然地说："你的事随你。"

"你说什么？"妈妈像被点燃的炮仗，登时炸了，"有你这么跟妈妈……"

她的话没说完，因为有人突然蹿到车前，要不是刹车及时，他就被撞飞了。

男人身形魁梧高大，他转过脸，面无表情地颔首，似是在表达歉意，然后急急地离开。

陶知遇注意到妈妈握在方向盘上的手抖了起来。"是那个人

吧?"她愣愣地问。

回头望向那个已经远去的背影,陶知遇不自觉地捏紧了裤子。

是方云祈。

后面的车摁响喇叭催促妈妈前行,那声音很刺耳,但也无法掩盖陶知遇和妈妈心中忽然大作的警铃。

记忆可狡猾得很,许多快乐幸福的瞬间都会逐渐被时间模糊。但那些做过的错事,伤害过的人,非但抹不掉,还会在每一个你差不多淡忘的时刻,跳出来惊吓你。

妈妈重新发动汽车,有等得不耐烦的司机换道超车,车辆并行时,那人摇下车窗破口大骂。

坐在副驾驶座位上的陶知遇垂着头沉默。

而一直到回家之后,妈妈再没提起她的男朋友。

雨下得很大。

方云祈没有拿伞,掀起小酒馆的门帘,弯腰走进去。他没急着找人,先从前台抽了几张纸巾,擦拭淋湿的头发。低头瞥到灰色裤子上一片一片的深色水渍,他暗暗皱了皱眉,随后将纸认真地折叠好,扔进旁边的垃圾桶。

"这儿。"角落里,郑宇抬手招呼他。

方云祈走过去,坐到他对面,自然而然地朝他伸手。

郑宇掏出一盒烟,递给他:"少抽点吧你。"

方云祈把烟叼在嘴,边按打火机,边口齿不清地说:"选这儿见面不就是因为能抽烟嘛!怎么了?找我什么事儿?"

两个人是同学,认识那么多年里,方云祈喊了无数次戒烟,非但没戒掉,还越抽越凶了。

"没什么事。"郑宇倒了杯茶放到他面前,"就是想看看你最近过得怎么样。老五说他前几天打你电话,欠费了。队里的兄弟们都挺担心你的。"

"别了吧。"方云祈抬起头,"我一个因为道德风纪问题被免职的人,不配得到组织的关心。"

"你差不多行了。"郑宇拿起桌上的烟盒丢他,"那事儿都过去多久了,你还在乎呢?"

方云祈露出笑容:"我开玩笑的,我这不正忙着创业呢,没时间跟你们叙旧嘛!"

"老实说,你是不是挺感谢那则新闻的?"郑宇撇撇嘴,"反正你从上警校的时候就不想当警察。"

方云祈把玩着手里的酒杯,无奈地笑了:"说什么呢,被免职和主动辞职可是两码事。我严肃地警告你啊,以后见面你要再拿这件事出来揶揄我,可别怪我转头走人。"

"行。"郑宇点头,"我以后肯定不再提了,今天是最后一次。"说着,他从一旁的警服外套里掏出一个信封,拿给方云祈。

"这是什么?"

"你打开看看。"他笑起来。

"给我的?"方云祈有点惊讶,除了银行账单,他已经很多年没收到过信函了。特别……还是手写的。

信封已经被拆开了,方云祈瞪了郑宇一眼,把折叠好的信取出来,展开。

字迹很清秀,并且稚嫩,看起来像是出自小孩子之手。

他没有读内容,目光直接找到最后的落款。

哎?方云祈挑了挑眉,他有点难以置信地看向郑宇:"什么时候收到的?"

"看邮戳是去年寄出的,但是好巧不巧地落在了收发室的桌子底下。最近收发室要重新装修,老杜从一堆灰尘里扒出来的。"郑宇端起酒杯,呷了一口酒,"队长说了,你要是愿意的话,咱们就曝光这封信,让你名正言顺地归队。"

"算了。"方云祈把信放回信封,塞进口袋,他微微抿起嘴角,"我现在这样挺好的。"

"别逞强了。"郑宇给方云祈斟满酒杯,在雨天昏暗的光线里,审视他更显瘦削的面孔,"你是打算一辈子不和你爸见面了吗?"

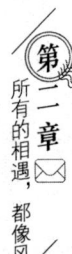

方云祈没说话，一杯又一杯地喝酒。

刚做交警的时候，队里聚餐，他喝了三杯就醉得不省人事。自此，全局上下都知道方云祈酒量不行，后来再来新人，每每敬酒敬到方云祈的时候，就会有一群人起来劝阻。

虽然做警察是父亲强加给他的意愿，但那段日子，方云祈不否认，自己非常快乐。如果不是几年前发生的那场事故……做交警时收获的归属感和成就感，方云祈应该不可能那么容易割舍。

要知道，那种每天都很忙、有很多事等着去做的感觉，可比睡了一觉醒来之后，却发现反正也没什么要做的，不如继续睡吧，更令人心情舒畅。

他也想回去。但是方云祈固执地认为，自己之所以走到这一步，是为了惩罚他当年的疏忽职守。所以，他没什么可抱怨的。甚至，他内心喧嚣的愧疚感还稍稍得到了平息。

如果能借此机会逃出困住自己的心牢，从头来过，也没什么不好。

"你酒量变好了。"郑宇看着他手边逐渐空掉的酒瓶。

方云祈撇撇嘴："跟队长说，他的好意我心领了。"他起身，露出类似无赖的表情，"我没钱，酒钱算哥欠你的。"

"喂！"郑宇伸手扯他胳膊，"你这什么意思？"

"我现在是酒鬼。"方云祈扒拉掉郑宇的手，笑了笑，"做不了交警了。"

方云祈回到住处。

逼仄的开间，只有一扇很小的格子窗。遇上这样的阴雨天，如果不开灯，房间里黑得几乎什么都看不见。

不过房租便宜。

贫穷会降低人的很多欲望。

方云祈走到床前，一屁股坐下，旋开桌上的台灯，借着那片温柔的光线读信。

信是陶知遇写的。

那件事已经过去快两年了，要不是看到这封信，方云祈都差不多要把那个小女孩的名字忘记了。

不过，他当初听她说自己的名字，还以为是碧玉的玉，没想到是遇见的遇。

也没什么，这个世界想不到的事情原本就多得很。就比如，他拦个酒驾竟然能把自己拦成无业游民。

可能，或许……是陈怡在惩罚他吧。

方云祈微微挑起嘴角，掏出烟盒，发现空了。他抬眼去看烟灰缸，里面的烟头堆得满满的。他走过去，从中挑了几个还剩一点点没抽掉的，重新点燃，放进嘴里。

陶知遇在信中很真挚地同他道歉，说她虽然理解她妈妈为什么要说谎，但是她作为小孩子，也无法改变什么。对于她们扰乱了他的人生，害他失去工作，她表示万分歉意。

方云祈吐出那个燃尽的烟头，想：写信的时候，陶知遇应该也就十一岁吧？她的想法和行为，甚至整个人呈现出的感觉，都比同龄的小孩子成熟很多。

关于那次短暂的交集，方云祈得十分努力地调动记忆，才能

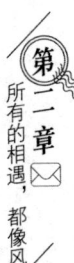

第二章　所有的相遇，都像风

想起她的模样。

所以,大概很多人都不知道,真正改变方云祈人生和心境的人,其实并不只是陶知遇和她妈妈。即便不是现在,总有一天,他还是会脱掉警服的。

这也是他对她们没有那么多恨意的原因。

严格说起来,那场无中生有的诽谤,只是一个导火索。方云祈一开始也没觉得怎么样,网络上谩骂他的那些人,他一个都不认识,同样,他们也全都不认识他。

他为什么要在乎那些陌生人的不实言论?他清楚自己的立场和为人,这就够了。

但是因为他没有出面澄清,那个路段也没有实时监控,他找不到证据反驳,只能任凭舆论就那么一边倒了。

队长有天把他叫进办公室,叹息着说:"小方,你可能得认栽了。"

行,他脱了警服认栽。

收拾东西回家之后,母亲跑上来抱着他哭,父亲坐在沙发上,一张脸铁青。

方云祈不懂:"你这是在生我的气?"

父亲一听,霍地站起来,冲着他破口大骂,说他做出这种事有辱家族声誉。

方云祈急了,梗着脖子反驳:"我做什么了?我什么都没做。"

"我是你爸爸,我还不知道你?前几年春节和你舅舅喝酒喝多了,你不是还发酒疯说不想做交警了!你肯定是故意的。这下你如愿了吧？我告诉你，方云祈，你要是不想办法重回交警队，永远都不要再叫我爸爸。"

跟父亲大吵一架之后，方云祈去了舅舅家。

舅舅一向疼爱他，但那天，他在他脸上看到了同样失望的表情。

方云祈不用再去找任何人验证，就已经真正懂了。

对于整个家族而言，让他们喜爱并引以为傲的不过是"警察"这个头衔，并不是他本人。

怀着不甘和愤怒，方云祈拿着从前的积蓄搬出来，租了便宜的房子，暗下决心要重新开始。

只不过，想象中的翻盘没有出现。

新闻舆论的覆盖率远比想象中广泛，许多人听到他的名字，就开始想当然地怀疑他的人品。

方云祈萎靡了一阵子，然后决定创业。

这期间，确实受了很多苦，压力倍增，焦虑、压抑，伴随每个日日夜夜。但是，他真的很少想起陶知遇的妈妈。

一个恶意诽谤他的人，值得瓜分他的记忆空间吗？

方云祈把目光重新落到信纸上，对比那些计较因果得失的成人，小女孩的心思可真干净啊！

他用手指摩挲着上面分外工整的字迹，慢慢竟觉得掌心温暖起来。

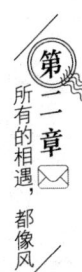

方叔叔，我希望有一天，我能勇敢到看着你的眼睛当面向你说对不起。所以，在这期间，请你一定要加油成为可以让我随时找到你的名人。

名人啊……

方云祈从凌乱的书桌上找出手机,倚着墙壁拨给郑宇。

已经深夜十二点多了,他打电话把他从睡梦中叫醒:"上次你在电话里说的那块荒地,具体位置在哪里?"

方云祈想开一家汽车影院。

他手里有些积蓄,这要仰赖于他大学期间交的女朋友。女孩来自警校附近的商学院,当时两个人用情很深,再加上女孩家境贫困,一直强调未来结婚买房只能靠他们自己。因此,方云祈对未来进行了详细的规划,用课余时间做了很多份兼职,攒了不少钱,只不过,还没毕业,女朋友就劈腿了。

她说,因为他太小气了,没有另外一个男人对她大方。

这个理由让方云祈无奈,他是那时候才领悟到,未来固然重要,当下的快乐也很重要。总之,谈恋爱,得有足够的钱。

后来,方云祈就没再谈过恋爱。

一开始是因为他觉得自己攒的钱太少,后来是因为觉得攒钱太辛苦了,为了谈个恋爱就花掉积蓄,好像不太值得。

因此,方云祈遵循着一切从简的生活态度毕业、参加工作、继续攒钱,总算是在走投无路的当口给自己留了个可能会翻身的后路。

当然了,这是他唯一的机会,他得慎重。

颓废了一阵子,调研了一阵子,堕落了一阵子,此刻方云祈一翻日历,才发现,自己已经浑浑噩噩浪费了一年半的时间。

家里的亲戚基本都已断绝往来，只有妈妈偶尔会来给他送吃的，问他什么时候能找到工作，然后在他无尽的沉默中抹抹眼泪又离开。

做任何转变都需要酝酿，但酝酿的时间太久，就会忘记当初的勇气。

方云祈摸了摸揣在兜里的那封信，迈步走向进站的公交车。

陶知遇的提醒来得很及时，让他知道，是时候启程冒险了。

郑宇介绍的那片荒地在郊区，靠近高速路的下路口。

方云祈坐了将近两个小时的公交车才到目的地。

他没吃早饭，路况还不好，一路走走停停，搞得他有点儿反胃。

下车在路边蹲了会儿，缓了一阵之后，方云祈才重新站起来继续走。

雨后的空气挺清新的，天气还不算太热，风很舒爽，他伸手摸了摸嘴角，心情很久没这么好了。

汽车影院，顾名思义是坐在汽车里看电影，所以，宽阔的场地是必需的。

城市内的规划，寸土寸金，很难找到大面积的空地，当然，即便是有，他也租不起，所以，他只能把目光放到郊区。

郊区的确有的是地方，但地段偏远，怎么把顾客吸引过来？

方云祈没有急着去找荒地的主人，而是坐在边上观察。

荒地背面是座山，左侧有条挺宽的河，方云祈在刚才来的路上特别留意了下，河水很清澈，就是这山……

太灰了。没有树，远看灰突突的，北方多大风，方云祈几乎

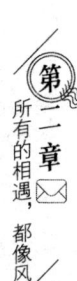

已经能够想象到沙子打在脸上的感觉。

所以……应该没有人会在这种恶劣环境下看电影吧？毕竟又不是玩荒野求生。

除非种树。

如果能把周遭种上树，就可以打着城市氧吧的噱头招揽生意了。

只不过，种树并不是一朝一夕的事儿，就算方云祈有耐心，但是也不能保证荒地的主人能等他把树种起来。

或许，他可以考虑让这块地属于自己？

方云祈起身，拍了拍身上的灰尘，他的人生已经在低谷了，大概怎么折腾都称得上是上升，所以到这个节骨眼儿，也没什么赌不起的。

他掏出手机，打给荒地主人用颜料笔留在荒地石头上的联系电话，约好了见面的时间。

两天后的深夜，方云祈在凌晨四点钟被手机吵醒。

他接起来，另一端的郑宇破口大骂："方云祈你是不是疯了？你有钱不如给我，买块荒地干什么？"

方云祈揉揉眼睛，他声音慵懒地说："正好，本来我明天一早还想给你打电话的。"

"什么正好？"

"这周五你休息是吧？来荒地找我。"

郑宇不解："找你干吗？"

方云祈扯起嘴角："种树。"

种树这件事,方云祈是认真的。

他先是去找当地村领导核实了,确定那座山的确是来自上苍的馈赠,并没有单独划分在谁头上,属于未登记过的无名山,于是轻松取得了"种树"的权利。

当然,也可能是因为村领导觉得这小伙子大概脑抽了,年纪轻轻放着正经事不做,吃饱撑的跑来免费为他们种树造林。

估计也就是三分钟热度吧?村领导想,年轻人爱折腾,就随他折腾好了。

但是村领导也觉得好奇啊,就总是时不时跑去山底下瞧瞧,心里默默数着日期,看那个叫方云祈的家伙究竟能坚持几天。

第一次去的时候,山上没人,他摇摇头回去了。

又过了两天,再去看,还是没有什么动静,村领导大概已经预见到结果了,便再也没去看过。

方云祈对此一无所知,他列好了计划,有条不紊地进行着。

因为很能沉得住气,所以,在学习和钻研一件事情上,方云祈是个会非常努力的人。

在等郑宇休息之前,他查了几天资料,从各类相关树木中,选择了金叶复叶槭。这是一种落叶高大乔木,生长速度快,耐寒抗旱,并且非常漂亮。

金黄色的叶片覆盖整座山的画面,方云祈只要想象一下,就很激动。

假设影院开设不顺利,他甚至可以考虑在山上建立专供游人拍照的风景区,结合当地村民开设农家乐,也是一笔可观的

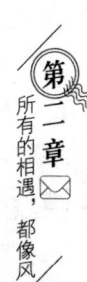

收入。

　　了解完所有资料,方云祈又花钱找专人一起去山上看了下土壤条件,确保适宜树木生长,才开始联系园艺中心,购买金叶复叶槭树苗。

　　郑宇按照约定时间来到荒地的那天,正好看到方云祈指挥着搬运师傅从卡车上卸树苗。

　　他的表情其实并没有自己以为的那么震惊,毕竟方云祈做出奇奇怪怪的事也不是一次两次了。但是,跑到这荒郊野岭种树,到底是弄的哪一出?

　　方云祈揉了揉鼻子,他有鼻炎,风扬起灰尘,让他有点受不了。

　　郑宇从兜里摸出个一次性口罩丢给他,没好气地说:"你不是真的要打算自己干吧?"他指指堆在山脚的树苗。

　　"没有啊。"方云祈戴上口罩,目光落到郑宇的脸上,笑着说,"这不是还有你吗?"

　　郑宇面无表情地摆手:"你别指望我,你又不是没干过咱们这行,你知道我平常有多忙。"

　　方云祈点头,依然笑意浓浓地望着他。

　　"行,当我没说。"郑宇把罩在T恤外面的衬衫一脱,捡起地上的铁锹,戴上白手套,扛着树苗就上了山。见方云祈站在后面没跟上来,他回头暴躁地吼道:"愣着干吗?时间很宝贵的,知不知道?"

　　方云祈冲他行了个礼:"得嘞!一切都听郑警察的!"

　　"滚!"郑宇瞪他,但是转过头后,嘴角又不自觉地扬了扬。

相较方云祈窝在出租屋里，跟具空壳似的瘫在床上的那一年，作为好兄弟，他反而更想看到他穷折腾的样子。

做点什么，总比什么都不做好。

所以，尽管工作繁忙，尽管一再强调方云祈不要全都指望他，但郑宇还是得空就来荒地帮忙。

买完地，方云祈的余钱也就只够他请几个帮工而已，自己又是穷光蛋一个，既然接济不了他，只能出一份体力聊表情意了。

通过这段时间的观察，郑宇确定，方云祈是要动真格的了。

他身上的那股咬着牙累死也要追上小偷的坚毅劲儿终于又回来了。

两个人穿着背心，戴着草帽，这树，从夏天慢慢种到了初秋。

有天傍晚，郑宇把最后一棵树栽好，一回头发现刚刚还在身后不远处的方云祈不见了，他没注意到他离开，不会是中暑晕哪儿了吧？

郑宇放下手里的铁锹，抹了把汗，迈步往上走，他找了一圈没找着人，正纳闷呢，就看到方云祈斜靠着一棵树，一脸无语地盯着他。

"哈哈哈……"郑宇放声狂笑，因为晒了一个夏天，方云祈的肤色变得跟煤炭似的，站在夜幕里不仔细瞧，几乎可以达到完美隐身的效果。

"笑什么？"方云祈朝郑宇踢了一脚土，"我只是皮肤黑，

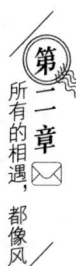

至少没瞎。你呢,眼睛什么时候瞎了?"

"别挖苦我了。"郑宇白他一眼,"这都是拜谁所赐?"

方云祈点点头,充满感情地拍了拍郑宇的肩膀:"是哥让你受苦了,不过你放心,等汽车影院开起来,盈利了,我一定按照市场种树费用的三倍价格结工资给你。"

"滚!"这次换郑宇踢了一脚土过去,"不分红就绝交,你自己看着办吧!"

方云祈没有再跟他斗嘴,而是转头去看满山的树。

精心照顾的话,三年内就可以枝繁叶茂了。他正好利用这段时间找份工作,挣点钱来置办影院需要的相关器材,就都齐活儿了。

苦是肯定苦,但不苦的生活又有什么意思呢?

方云祈做这些其实也没想着要报复谁、让谁难堪。

他所求的很简单。就是为了反讽那些嘲笑自己下场惨淡的人,在他们忙着诋毁污蔑他的时候,他会像这满山的树木一般,经过风雪,默默生长,渐渐灿烂。

"收工,解散!"他扛起铁锹,自顾自地往山下走。

"喂!"郑宇上前扯住他,"我出了这么多苦力,你连顿饭都不请吗?"

方云祈挣开他的手,笑着说:"记账吧,反正咱俩来日方长。"

三年后,方云祈三十岁了。

这段时日的辛苦，他大概此生都不会分享给任何人，但至少结果是好的。

他开设了自己的汽车影院，名字叫"知遇森林"。

因为形式新颖，周边环境好，一开业就吸引了很多顾客。

慕名来观赏的人也很多，大家传诵着这个了不起的年轻人，竟然真的种了一山的树，把灰突突的荒野郊外变成了城市氧吧。

这些人中，有两个人比方云祈还骄傲。

一个是村领导，他在面对电视台特意派来的采访记者时，自吹自擂道："我一看那小伙子就是个能成事的人。所以在他提出要求之后，给予了极大的鼓励与支持。"

另一个人则是荒地的原主人："我早就知道我这块地是风水宝地，卖给谁谁准能发财，为什么偏偏等到了小方呢？主要是我觉得他心思正。另外，我老家还有块地空着呢，谁还想要就打这个电话……"

方云祈坐在山脚下的休闲椅上，仰望着满山金黄，慢慢扬起了嘴角。

被夸赞、被讨好、被贬低、被攻击、被奉承……短短三十年，他或许已经经历了别人一生的起起伏伏。

还挺赚的，他想。

不过，除了郑宇，他还要感谢一个人。

并不是只有救过命的才算恩人，也并不是只有砸过琴的才是知音。

其实连方云祈自己也没想到，那封信给予自己的影响和转变

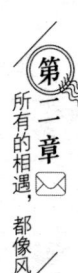

会那么大。

　　面对镜头,方云祈眯起眼睛努力回想那个表情冷淡的小女孩……

　　"我是方云祈。"他对着记者递过来的话筒说完,温和地笑了笑,"想来找我的人应该可以找到了吧?"

第二章

在秋天里重逢

过于精致的包装与过度保护的感情一样，坏掉的那一刻，会非常后悔曾经花费的心思。

街边的文具店里,陶知遇塞着耳机走到收银台前,过几天是宋城的生日,她选了一个闹钟给他。

虽然便宜,至少实用。

等待结账的时候,她的目光被收银机后面的电视屏幕吸引,镜头由远及近慢慢推进,满山灿黄渐渐出现在眼前,山脚下设置着休闲座椅,白色的遮阳伞如士兵一般整齐而立,整个画面呈现出悠远的空旷宁静。

有个人坐在伞下,穿着黑色衬衫和牛仔裤。镜头很远,所以看不清他的样貌。

汽车影院?陶知遇扬了扬眉,第一次听说还有这种影院。

收银员敲了敲桌面,提醒陶知遇结账,她收回目光,把那个外形就像篮球一般的闹钟递给店员。

这玩意儿怎么看都和宋城很配。

陶知遇的嘴角露出不易察觉的笑容,谢绝了店员主动帮忙用礼盒包装的好意,随意地塞进纸袋里,拎着走出店门。

大部分时候,陶知遇喜欢轻描淡写。哪怕对方是自己重视的朋友,哪怕是对她关照多年的宋城。

过于精致的包装与过度保护的感情一样,坏掉的那一刻,会非常后悔曾经花费的心思。就像她妈妈。离婚的这些年里,她因为曾经付出的感情一再感到懊恼,质问自己为什么要爱上一个背叛自己的人。

"你这是情感疏离症。"宋城曾经在一起回家的路上,这样评价她。

陶知遇停下脚步,小声反问:"你的意思是我有精神病?"

宋城愣了一下,慌乱地解释,"我不是,我没有……"

陶知遇摆摆手打断他:"和神经病交朋友,你也正常不到哪里去。"

"喂!"

此刻想起宋城被噎得一脸铁青的样子,陶知遇仍然觉得好笑。

"你这是报复我。"宋城经常就陶知遇的所作所为这么陈词总结。

仔细想想的话,其实宋城说的没错。陶知遇是个记仇的人,五年前,宋城站在教室里,大肆宣扬她吃空气的秘密。哪怕此后两个人成了无话不谈的朋友,甚至宋城为了取得她的谅解,不惜向她分享了自己相似的童年经历,她还是会不自觉地怼他。

就比如,宋城个子很高,却是个篮球白痴。

陶知遇低头看了看袋子里的闹钟,心情好得不得了。

坐上公交车时,陶知遇接到了妈妈的电话,告诉她单位要聚餐,让她自己解决晚饭。

"好。"陶知遇很痛快地应道。

"知遇。"妈妈压低了声音,"你爸给你打过电话吗?"

陶知遇愣了一下,而后说:"没有。"

"那就好。"

挂断电话,陶知遇找出手机通话记录,全选清空。

对妈妈而言,她可以选择和爸爸离婚后,与他老死不相往来。但是作为女儿,她没有选择权。

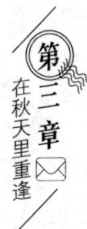

不论他们离不离婚,她可永远都是爸爸的女儿。

如今的陶知遇,已经不再是曾经担心不知该如何向别人解答爸爸去了哪里的小女孩了。相反,现在的她从不避讳谈及父母离婚的事,因为,向别人坦承某件事,远比隐藏真相来得简单。

陶知遇的脑海中闪现过一个名字。

方云祈。

她寄到交警支队的那封信,信封上有自己的地址,可他没有回信。在陶知遇看起来,这代表方云祈没有接受她的致歉。

难道,他没收到吗?紧接着,陶知遇又否定了自己,她当时特意选了挂号信,寄丢的可能性很小。

事情已经过去那么久了,除了小学毕业那年在街上偶然遇见过方云祈一次,自那之后,他又暂时从她的世界里退场了。但陶知遇总觉得,方云祈就像埋在人生中的一枚隐形炸弹,不知何时就会突然出现,把她和妈妈的生活炸个粉碎。

车子进站,乘客有序上车,陶知遇透过车窗瞥到了一个熟悉的身影。

宋城?

在车门关闭的前一秒钟,她冲了下去。

来不及缓冲,陶知遇一下子撞上了男生的后背。他似乎又长高了,背上突出的脊骨硌得陶知遇脑门生疼。

男生转过头,看到她,露出惊喜的笑容:"你怎么在这儿?"

陶知遇揉揉额头,把手里的纸袋子递上去:"给你买了生日礼物,刚巧在车上看到你,就下来了。"

宋城接过来，眉毛一上一下地表达疑惑："我周末才过生日！陶女士，请解释下你的逻辑？"

"早点给你，省得我还得拎回家了。"陶知遇理所应当地说。

"懒死你！"宋城说着扒拉开纸袋，看清楚里面的东西之后，猛地抬起头，冲着陶知遇大吼，"你明知道我篮球技术差，还送我篮球？你什么意思？"

陶知遇扬起嘴角："就是你想的那个意思呗。"

"亏我大老远跑过来帮你考察新开的商场！"宋城点她脑门，"你可真没良心。"

陶知遇这才往旁边的建筑看过去。通过墙壁上贴满的品牌商标，她似乎看到了一排排鲜亮的服饰鞋包，精神不禁为之一振。

她丢下宋城，转头大步朝着商场走去。

"喂，陶知遇！等等我！"宋城朝她追过去。

"你都送我礼物了，我周末请你看电影吧。"男生佯装不经意地说，幸好陶知遇没回头，不然就能看到他的表情有几分不自然。

"待会儿把地址告诉我。"陶知遇走进商场，没有表现出任何女孩子应该有的羞涩。

宋城有点儿失落，转而又想，至少陶知遇没有拒绝他。"就是郊区那个新开的汽车影院，名字和你很有缘，所以想带你去看看。"

他期待着陶知遇的回应，但显然，她已经把注意力转移到了别处。

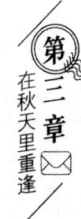

她对他总是一种你想怎样都随你的态度。宋城早就习惯了陶知遇的漫不经心,但每一次还是会忍不住沮丧。

这种沮丧驱使他更努力,像是要攻克什么难关一样执着。

"方总,方总……方总。"

方云祈停下脚步,回过头。

影院开张有段时间了,但他还没适应这个称呼。年轻的助理追上来,面露难色。

"怎么了?"方云祈语气温和地问。

助理绞着手指,小声答:"我……我昨天接了一单预约,但刚才发现自己记错了时间,位置排重了。"

"车也都约出去了?"方云祈跟她确认。

为了让很多没车的年轻人也能获得汽车影院的体验,方云祈特意租了几辆汽车。

助理点点头。

女孩观察着他的神色,似是要哭的样子。方云祈扬扬嘴角:"没事,我来解决。"

助理是个刚毕业的大学生,踏实勤快肯吃苦,就是马虎,虽说没犯过什么大错,但小问题不断。毕竟工资要得少,而且汽车影院要等夜晚才能营业,小姑娘也不容易。"你正常接单就行了。"他安抚她,然后转身朝外走。

"给我支援辆车。"方云祈站在影院门口,边抽烟边对着电话那边的郑宇说。

"我又没车,上哪儿给你支援车?"

方云祈稍稍把听筒放远了点:"你别吼,我耳朵疼。"最近一直在调影院的音频,他耳朵被震伤了。

那边传来几秒钟的沉默,郑宇叹口气,问他:"什么时候要?"

方云祈的嘴角弯了起来:"明天晚上。"

"我真是上辈子欠你的。"

"那我这辈子欠你。"方云祈吐出一口烟雾,笑着说。

"别!"郑宇打断他,"我可不想生生世世跟你扯不清。"

方云祈忍不住笑出了声:"别臭贫了,你下班没?找地儿喝点酒。"

"喝酒没问题,你请客。"

"行,我请。"

离开前,方云祈特意跑到售票室提醒助理别忘了给大家伙儿订晚饭。

影院所处位置太偏,原本他是打算自己找人做饭开个食堂的,后来发现操作起来太麻烦。

最主要的,他没办法分出那么多精力,还是先把影院的相关事务都做熟之后再扩展业务。但手底下的员工总得吃饭,所以,他就跟附近的农户谈了合作,交钱让人做饭给送过来。

"方总,您带把伞吧。"助理递给他一把粉色小花伞,"天气预报说今晚有雨。"

方云祈挑挑眉,还是接了过来,点头致谢。

果不其然,一见郑宇就被嘲笑了。

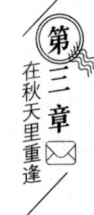

第三章 在秋天里重逢

"你说你是不是嫉妒?嫉妒我有员工关怀。"方云祈晃了晃脑袋,颇得意地落座。

"是是是,我嫉妒。"郑宇指着外面刚刚开始飘洒的雨滴,"待会儿您打着这伞到外面走一圈,嫉妒你的人一定更多。"

"行了!就你话多。"方云祈把桌上的酒水单一收,说,"别喝了,抓紧吃完,陪我去趟商场。"

"你不是特意叫我出来喝酒的吗?"

方云祈高深莫测地摇摇头:"我想到一件更重要的事。"

"什么事能比喝酒重要?"

"别问了,待会儿就知道了。"

郑宇瘪瘪嘴,极不情愿地拿起菜单。他是真拿方云祈没辙,而且是越来越没辙。

跟着他的步伐走进商场男装店时,这种感觉更强了。

"大哥,你买衣服不用带上我吧?"郑宇扯住方云祈,低声表达不满。

"不然呢?"方云祈耸耸肩,"我给你买衣服难道还要我来试吗?"

郑宇反应了一瞬,才笑起来,他攥拳捶了方云祈的肩膀一下:"对嘛!这才有点好哥们儿的样子。"

方云祈帮郑宇选了两套正装,一套灰蓝色的,款式较为休闲,另一套则是非常正式的黑色。他说:"一套用来参加公司聚会,一套用来签合同,刚好。"

"什么?"郑宇还有点儿蒙。

方云祈嘴角的笑容放大了些:"不是你说的吗?不分红就绝

交,我想了想,决定选前面的选项。"

"谁问你这个了!"虽然心里一阵感动,但郑宇还是嘴硬道,"我说的是合同,签什么合同?"

方云祈从导购手里接过购物袋丢给郑宇,故意让自己的语气显得漫不经心一点:"乐购要投资我们。"

郑宇呆了一下,才追上方云祈,表情狂喜地揽住他的肩膀,难以置信地问:"是那家五百强排名前十的乐购?"

"你给我出息点。"方云祈指着郑宇笑到扭曲的五官,"就你这德行,我还怎么托你去签合同?"

"我会做好表情管理的。"郑宇拍拍胸脯,"不过在那之前,让我再乐一会儿。"

外面果然下雨了,方云祈站在屋檐下,等着身边的郑宇笑完。

他真的就如表面看起来这么淡定吗?不是,但他也的确没有郑宇这么开心。对比潜入黑暗的那三年,目前的获得只能称之为正常吧。

"你是不是应该换个住的地方了?"郑宇乐呵呵地递给他一支烟,"你想住哪儿,我可以帮你问问。"

"不着急。"方云祈接过烟,叼进嘴里,"先帮员工在附近租个宿舍吧。"

"遵命,方总。"

方云祈白他一眼,又似想到什么一般,随口说道:"你要不要辞职跟我干?"

郑宇回视着他:"辞不辞职,我都是你的员工,没区

别啊！"

方云祈点头，现阶段一切还不稳定，他的确也觉得，最好不要拉太多人跟自己冒险。

"郑员工，别愣着了，去叫车吧。"方云祈把伞递给郑宇。

他伸出食指指了指他，终还是接过伞走向街边。

方云祈笑笑，望着眼前迷离的雨夜继续抽烟。

有个穿校服裙的女孩突然从雨幕里冲了过来，方云祈望着她遮在手掌下的面孔，莫名觉得眼熟。

女孩在接电话，没有注意到他，冲着耳机的通话口说："我马上到商场，你过来吧。"

这个声音……也很熟悉。

方云祈转过头，目光追了过去，马路边的郑宇开始扯着嗓子叫他的名字。

方云祈怕他把嗓子喊烂，收回视线，踏进雨中。

陶知遇回过头。

商场门外的雨帘里有个渐行渐远的挺拔背影，她摘掉耳机，仔细听了听，确认刚才听到的名字只是幻觉之后，才恢复心跳。

"陶知遇？"宋城在电话里叫她，"知遇？"

陶知遇回过神，塞上耳机："不好意思，你刚刚说什么？"

"我说我已经在商场了，问你有没有伞，要不要去接你。"

陶知遇边往前走，边拨开额前的湿发，她正要拒绝，就看到了站在商场前台借伞的男生。她弯了弯嘴角，说："你往后看。"

宋城转身,陶知遇冲他挥挥手,然后挂断了电话。

陶知遇停下脚步,站在原地等他走过来。

这样的场景几乎可以概括他们从始至终的相处方式。

从第一次他走过来嘲笑她,到后来,他不断拿着各种好吃的,执意得到她的谅解,再到如今,即便自己不提要求,他也总是帮她做着每一个下一步的计划……

从来都是宋城走向她。

有时候陶知遇也会不解,为什么他对"走向自己"这件事如此锲而不舍,就因为那段不堪的童年时光里,他也曾因继母的虐待挨过饿,所以,他觉得自己是他的同类吗?

不过,比起弄清楚这个答案,陶知遇首先明晰了另外一件事。

那就是在与宋城的相处中,她需要交出主动权,受他调控。

宋城心里有伤,极度缺乏安全感,他痴迷"被需要"的感觉,想要与他维系长久的情谊,陶知遇必须小心地拿捏分寸,太靠近他会迷失自我,太疏离他会陷入崩溃。

或许可以把这种关系比作天平的两端,一旦察觉对面有异样,陶知遇就得飞快地做出调整,才能保证两个人都不会掉落。

小的时候,别人称赞陶知遇成熟,但她并不认为如此,那种成熟里有太多被安静蒙上的假象。然而现在不同了。

陶知遇承认,她比身边的大多数同龄人都成熟得多,因为她可以控制自己的情绪。这听起来很简单,却很少有人能够做到。

"晚饭吃了吗?"宋城问她。

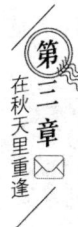

第三章 在秋天里重逢

陶知遇吃过了，但她摇摇头。

"就知道是这样。"宋城从身后拿出一块三明治，递给她。

"谢了！"她接过来，当着他的面一口口吃掉。

对比胃部被塞满的不适感，陶知遇更愿意看到宋城满足的笑容。

"电已经充到满格了，保证给你把照片都拍到手。"他得意地摇摇手里的手机。

陶知遇用湿纸巾仔细擦干净手指，往门口的第一家女装店扬扬下巴："走吧。"

在导购诧异甚至有些不悦的目光追随中，陶知遇神情专注地查看每一件她感兴趣的衣服。上次因为商场刚刚开业，很多家店都还没开门，所以她没有细逛，选了这个周六又来。

陶知遇逛商场可跟别人的逛法不一样，而且通常，只要去一次，她就会被商场各家门店的导购列入黑名单。

因为她不只是看看那么简单，遇到非常喜欢的衣饰，她还会让宋城帮忙拍照。

品牌服装店怕被盗用设计通常都是不允许拍照的，更何况陶知遇逛的基本都是名品店。

每一个导购都认为陶知遇这种看起来根本不具备购买力的学生，做这件事绝对图谋不轨，但实际上，真的没有。

她只是喜欢那些衣服，她甚至都没想过要拥有，只是纯粹地喜欢。

陶知遇对美的感知力大约是受了妈妈的闺蜜齐阿姨的影响，因为和妈妈关系好，从自己还很小的时候，她就常常来家里做客。每一次来的时候,她都精心装扮,从衣服的颜色到系在长发上的发带都经过了很认真的搭配挑选。

陶知遇喜欢那些衣服在齐阿姨身上的诠释。甚至有时候,她觉得衣服也是会说话的。

对,没错,即使穿衣服的人想要隐藏某种秘密,但她穿在身上的衣服总会不小心出卖她。

所以,陶知遇就是通过齐阿姨身上那些深绿色的碎花裙、灰色小西装、孔雀蓝丝巾、米杏色高跟鞋,猜中了她的秘密。

"妈妈,你有没有觉得,齐阿姨每次穿的衣服总有一件和爸爸的衣服颜色相同?"陶知遇在一次妈妈帮她洗头发时,说出了自己发觉的有趣现象。

当然,她没想到自己这个有趣的发现,致使妈妈发现了爸爸出轨的真相,以致他们离了婚。

有很长一段时间,陶知遇都不敢去看商场橱窗里的那些衣服,因为她觉得羞耻。养育她十年的爸爸,竟然会放弃家的完整,屈服于那些妖娆的衣裙。

但随着年岁的增长,陶知遇惶恐地发现,她根本控制不了自己。

大概是从读初中之后吧,她会不自觉地在脑海中为班里的每个同学搭配服装,尽管大家都穿着肥大的校服,一副素面朝天灰头土脸的模样,但在陶知遇想象的作品中,他们都美成了世界名模。

她爱死了这份成就感,开始动手画。

这些年里,陶知遇已经画了很多本衣服速写,她并没有接受

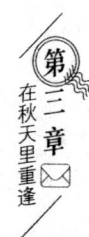

过系统的教育，只凭爱好和感觉，勾勒出每一件衣裙的线条。

再大一点，画画也满足不了她了，她才不时约上宋城一起来商场拍照。

之后对比着画下来，在白纸上重新搭配，让摇滚变得妩媚，让清新变得活泼，让庸俗变得优雅……

陶知遇在伸手触摸到那些或飘逸或硬挺的面料时，就已经兴奋不已。

她扯出那件挂在最里面的深蓝色纱裙，给跟在身后的宋城使眼色，他把手机藏在胳膊下面，动作迅速地拍下照片，挑挑眉表示任务完成。

陶知遇笑笑，两个人在店员的白眼中，大摇大摆地走出商场的最后一家服装店。

陶知遇拿过宋城的手机，边向前走，边检查他拍摄的照片。

合作久了，宋城的手法也越来越熟练，没有一张照片虚化，没有一件衣服漏拍。陶知遇笑着表扬他："你可真是进步飞速，我请你吃饭。"

"吃饭就免了。麻烦大小姐先把绳子从我头上卸下来行不行？不然你的御用摄影师就被勒死了。"

陶知遇回头，恍然惊觉因为自己着急看照片，手机绳还挂在宋城脖子上，此刻他正弯着腰吃力地跟在她身后。

"抱歉抱歉。"

宋城直起身，转了转僵硬的脖子，评价她："这么多年了，你见到新上架的衣服仍然表现得像只饿狼。"

陶知遇挺知趣地点头："承认你的说法。"

雨已经停了，两个人并肩走向商场附近的公交车站。

"回家联网之后记得把照片都发给我，要原图啊。"陶知遇嘱托他。

"知道啦！"宋城看了看即将进站的公交车，提醒她，"别忘了明天一起看电影。"

"知道啦！"陶知遇学着宋城刚刚的口气答道，然后她调皮地吐了吐舌头，转身上了车。

车子已经驶出去很远了，宋城还愣在那里。直到积在车站顶棚上的雨水被风吹落到他脸上，瞬间的凉意让他回过了神。

宋城摸了摸后颈，莫名其妙地扬起了嘴角。

周日傍晚，方云祈把郑宇借来的那辆车安排进观影区域。调试好音频，确保一切运行正常，他才放心地从车里钻出来。

刚开业不久，口碑很重要，所以即便聘请了专业的技术人员操作，他还是会亲自检查，从根源上杜绝出岔子的机会。

郑宇摇着头，评价他："你这是重度强迫症，我劝你去看看。"

方云祈斜他一眼："要不是因为信任你，那车里里外外我都得再认真检查一遍。"

郑宇举手表示投降："你是真厉害，在下服了！"

他们并肩走出汽车影院，坐到山脚下的休闲椅上闲聊。

秋日的氛围已经很浓厚，但气温非常适宜。夜幕降临后，漫山灿黄和深蓝夜空交相辉映，美得令人叹息。

"你鼻炎的症状比之前可减轻多了。"郑宇掏出一支烟，点燃。

方云祈侧过头，挑着眉看他："你也太迟钝了，这山上的树可是我们俩一棵一棵栽下的，绝对的城市氧吧。"

"那咱们再往外宣传的时候，是不是可以补上一条'治疗鼻炎的绝佳胜地'之类的广告语？"郑宇挺欠揍地凑近方云祈。

得到方云祈一个白眼之后，他笑着把椅子放倒，躺下，闭起眼睛："这风吹得太舒服了，我昨晚出任务没睡好，正好补个觉。"

方云祈拿起叠放在另一张凳子上的休闲毯，丢到郑宇身上。他坐回座位，伴着温柔的晚风，凝望远方堆叠的层次鲜明的晚霞，莫名觉得有些悲伤。

汽车影院筹建起来之后，城市新闻的确是大肆报道了一圈。很多前来观影的顾客还记得多年前的那起酒驾事件，开玩笑般问起真相是否就如网上传播的那样。手下的员工不知道怎么回答，只能露出尴尬的笑容。方云祈听见过几次，说完全不在意是假的。

舅舅那边的亲戚听闻他现在发达了，也有不少主动打电话或是上门寒暄的，方云祈一个个接待，表现得客气妥当，在对方说起"哎呀，当年真不是不想帮你，实在是能力不足"时，笑着点头称是。在对方道别时说出"你现在发展得这么好，以后可得多多关照我啊"时，摆摆手说"哪里哪里，别客气"。他笑着将那些人送出门，转过头嘴角就耷拉下来了。

在方云祈看来，人类最丑恶的表情就是虚伪。

但矛盾的是，面对那些虚伪的来访者，他也只能回以虚伪的笑容。

为什么不干脆拒绝会面，一刀两断？因为，最高效的结束对话方式是说"好"。这样才能避免那些无谓的争执和辩解。

只是，方云祈等了那么久，都没有等到父母前来探望他。父亲强势惯了，母亲几乎没有任何话语权。所以，方云祈大概能想到，一定是父亲下了死命令，决不允许母亲出面。

在父亲看起来，不论母亲以什么理由见他，都等同于让父亲的威严扫地。

他不会赞同自己的儿子弃警从商，因为做警察就是他养育方云祈长大的目标。人人都知道，不应该将自己未完成的心愿强加在儿女身上，但那又怎么样？

做父母的，总是天生喜欢掌控儿女。

可是他们根本不知道，因为他们的决定，自己背负了多么沉重的痛苦。一幅可怕的画面闪现在方云祈的脑海，他垂下眼睛。

人生大概就是一个进进退退的过程，受回忆和情感所控，无论怎么前进，总会在某个时刻被拽回过去。

这种感觉令人沮丧。

而还有更加令人沮丧的一点是，陶知遇失约了。

她可以没有看到那则新闻报道，但铺天盖地的宣传涉及网络、微博、各大微信公众号，这个世界一向如此，有人抓到一点儿新鲜事，所有人都急着参与进来寻找存在感，并且不遗余力地传播发酵，让自己看起来紧追热点，从未被时代抛弃。

所以，方云祈不信陶知遇没看到影院开张的信息。

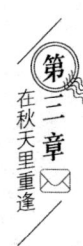

知遇森林。他取了她的名字做影院名，她竟然能够忽视？

事到如今，方云祈已经不单纯是想要一个道歉了，而是，他要证明，当年那个小女孩写给自己的信，那些流露的真情，是真实存在的，而不是产生于自己的臆想。

否则，一切努力、一切信念，他怀揣侥幸准备悄悄放下的自责和愧疚，以及这山水，这树林，这星空，都很讽刺。

"方总。"助理踩着高跟鞋跌跌撞撞地跑过来，她的脸色因为惊吓一片惨白。

方云祈回过神，朝她望过去，虽然已经习惯了她的一惊一乍，但还是瞬间产生了不好的预感。他把手放到嘴边"嘘"了一声，眼神往旁边熟睡的郑宇身上示意了下。

接着他起身，边向前走，边压低声音问："怎么了？"

"出事了。"助理咽了口唾沫，追着他的脚步，磕磕绊绊地说，"郑宇哥找的那辆车出事了。"

方云祈脚步顿了一下，随后放弃询问，朝着观影场地跑去。

影片还在继续，但已经没有人看了，出事的车辆被人群围得水泄不通，方云祈已经听负责现场的员工解释清楚了，是副驾驶的安全气囊失灵，在车辆静止的状态下忽然弹出，伤了其中一位观影者的胳膊。

"受伤的……"工作人员顿了一下，才说，"是个十几岁的女孩。"

"该死！"方云祈暗骂了一句，拧紧眉头拨开人群，挤到车辆旁。

车上有两个人，坐在驾驶座上的男孩完全吓呆了，他望着女孩流满鲜血的右胳膊浑身颤抖，女孩埋着头，长长的头发遮住了面颊，一只手紧紧捏着牛仔裤，呼吸声很重，似是在强忍疼痛。

方云祈指挥其他人把男孩扶下车，然后打开副驾驶座位旁的车门，他柔声说："别怕，我马上送你去医院。"他试着转移她的注意力，也想确认下她是不是意识清醒，于是问道，"可以告诉我，你叫什么名字吗？"

因为疼痛，女孩的回答听起来咬牙切齿，她一字一顿地说："陶知遇。"

陶知遇从没想过，自己受个伤会弄出那么大的动静。

包扎完伤口，她躺在医院的病房里打消炎点滴，望着白色的天花板，终于从刚刚的满屋喧嚣中解脱出来，获得了暂时的平静。

宋城带她去的那家影院叫"知遇森林"，名字的确与她很有缘。原本陶知遇确实期待着不同寻常的观影体验，才心甘情愿地辗转几次公交车跑到百公里以外的郊区。谁知电影刚播不久，宋城因为新鲜，坐在驾驶座上模拟开车，这里戳戳、那里按按，无意间触发了副驾驶的安全气囊弹出按钮，瞬间的爆炸吓蒙了他们。

万幸的是那个气囊不是原装，存在质量问题，再加上陶知遇反应迅速地做了闪躲动作，所以产生的伤害没有想象中严重。

刚刚医生千真万确是这么说的，但陶知遇看了看自己用绷带

包成木乃伊的手臂，怀疑自己对于"严重"的考量是不是有什么误解。

医生还说，陶知遇很勇敢，换别的小女生，骨折成这样早哭得上气不接下气了，她表现得却相当镇静。

陶知遇在心里苦笑。

她不想哭吗？她也很想哭。之所以表现得云淡风轻，是因为实在不想宋城那个傻子被吓死。

他从出事的那一刻直到扶她进诊室，手都一直在抖。

如果不是影院的那位负责人全程镇定指挥，以最快的效度将她送进了医院，陶知遇都不敢想，自己是不是现在还坐在车里，面对着呆头鹅一般的宋城。

应该要好好感谢一下那个人的。只是这期间，陶知遇光顾着埋头忍痛了，自始至终连一个眼神都没给他。

门外传来一阵吵嚷。陶知遇扭过头，认真地听着。

貌似是影院的负责人在跟那个同行的男人争执。

一个说："你别管了，车是我借的，责任肯定都算我的，我来承担一切后果。"

另一个立刻高声制止："你能不能不要瞎逞英雄？再说了，车是我让你借的，也怪我没有事先好好检查一遍……"

"你有病是吧？跟你有什么关系？"

"说话小点声，这里是医院。"有护士过来提醒他们。

陶知遇仰头看了看点滴瓶，药快滴完了，正要喊护士帮忙，就听到门外的人语调忽然深沉下来："你知道受伤的是谁吗？"

那个声音顿了顿，而后继续道，"是陶知遇。"

她愣了一下。

这个人的声音并不觉得熟悉，但他叫自己名字的声调莫名触动了陶知遇的记忆。

总觉得在哪里听到过。她努力思索着，脑海中忽然闪现出一幅画面——

五年前，穿着警服的方云祈将昏睡的妈妈抱进房间，然后站在门口，转身对她说："再见，陶知遇。"

他把"遇"字咬得很重。让人听起来有种莫名的真挚郑重。

所以……影院的负责人是方云祈？再回想影院的名字，知遇森林……

胳膊的痛感逼她回神，药已经滴完，陶知遇用牙齿咬下针头，光着脚跑到门口，一把拉开了门。

走廊里的几个人一起朝她扭过头。陶知遇的目光掠过其他人，停在方云祈脸上。

明明记忆里的样貌已经模糊了，可她还是第一时间认出了他。

万分惊恐过后，陶知遇首先涌进心里的居然是庆幸。

还好自己受了伤，而且是因为他受的伤，这样，他们之间的不平等，她和妈妈过去欠他的那份"巨债"，是不是就可以抵消一些？

方云祈回头冲郑宇使了个眼色，他便带着一直蹲在墙边沉默的宋城离开了走廊。

"回去把鞋穿上。"

陶知遇呆了一下。她害怕了五年，没想到重逢后，方云祈对

她说的第一句话并不是责备。

面对被他赶回病床上的少女,已过而立年纪的方云祈有些无所适从。

他摸了摸后颈,试图微笑,但又担心自己笑起来会不会显得有点蠢。他呼出一口气,终于开了口:"害你在影院受了这么严重的伤,我很抱歉。"

陶知遇眨了眨眼睛,她有点儿难以置信。该道歉的人不应该是她吗?

借着房间里的明亮光线,方云祈才看清了长大后的陶知遇。

她长高了,脸蛋少了孩童时期的圆润,下巴变得尖尖的,瘦了很多。如果不是知道她就是陶知遇,方云祈大概是不太敢认的。

但细看过去的话,那份眉目间的冷静疏离,还跟小时候一样。

"你写的信,因为一些原因,我晚了很久才拿到。"方云祈放在膝盖上的手指不自在地交握了下,"还……挺意外的。"

陶知遇盯着他,眼神茫然又充满戒备。事情的发展完全出乎意料,她有点儿应付不来。

看她紧张的样子,方云祈的嘴角轻轻弯了弯:"你不用害怕,我只是想确认下,那封道歉信,是你自己甘心情愿决定要写的吧?"

女孩朝他投过来诧异的目光:"为什么要问这个?"

"答案对我很重要。"

陶知遇想了想,乖巧地回道:"是我瞒着妈妈偷偷写的,因为真的觉得……很对不起你。"

在那个名叫宋城的男孩第三次回头张望病房的方向时,郑宇终于忍不住出声安慰他:"别紧张,我们老板不是坏人。"

大概是因为被看穿了心思,他有些不爽地看了他一眼,继而又泄气地蹲到了墙边。

他们所处的位置是步行梯的拐角,声控灯因为两个人的沉默熄灭了。

郑宇居高临下地望着蹲在自己脚边的宋城,主动开口道:"你不用担心,陶知遇不会因为这件事记恨你的。"

男生朝他转过脸,口气里满是年少的轻狂:"你认识陶知遇吗?你怎么可能知道她怎么想?"

郑宇笑笑:"我也不知道算不算认识她,但她和我们老板之间,的确早有渊源。"觉得似乎也没什么需要隐瞒的,郑宇简要说明了方云祈和陶知遇的交集。

"道歉信?"宋城表情惊诧地问,"你是说,她给那个被免职的警察写了道歉信?"他曾亲历过那件事的始末,可从未听陶知遇说过什么信。

"对,她写给方云祈的。信上说因为知道事情的真相,在没办法挽回局面的情况下,只能替她的妈妈表达歉意。陶知遇是个挺酷的女生,你赞同吧?"

宋城愣了一会儿,恍然觉得自己好像做错了。

他是在进入影院之后,才无意间从别的顾客口中知道了这里

的负责人是曾经遭受过网络攻击的交警方云祈。

影片开始之前,他借着去洗手间的空当,用手机上网查阅了与影院相关的一些新闻,也看了那则采访视频。男人对着镜头说"我是方云祈,想来找我的人应该可以找到了"的那一刻,宋城产生了强烈的不满。

故意用陶知遇的名字为影院命名,甚至还公然在采访中暗示希望陶知遇来找他……凭什么?宋城冷笑,方云祈果然也和他印象中的大人一样,自以为是。

触发安全气囊,致使陶知遇受伤,是他给方云祈独断自我的惩罚。宋城想借此一举破坏陶知遇和方云祈的关系,抵消两个人曾经的恩怨,斩断他们进入彼此未来的可能。

但是,他没想到,陶知遇竟然早在几年前就给方云祈写过信,她早已表达了歉意,或许一直在等着方云祈的谅解。所以现在,陶知遇受伤非但不会让他们彼此记恨,反而给了她和方云祈重建感情的机会。

宋城懊恼地起身,开始后悔自己主张来看电影的事。

对于他奇怪的反应,郑宇并没有过多关注,他并不知道少年对于方云祈重回陶知遇的生活中有多抗拒,只顾着回忆曾经了。

"知遇森林"这个名字是方云祈自己注册的,他没有事先找他商量。方云祈从未在自己面前提起过陶知遇,把信拿给她之后,他们也没有谈论过任何后续。但作为认识多年的朋友,郑宇深知,那封信在这中间起到的作用。

做警察这么久,什么样的人都接触过,他也越发明白,其实每个人都有个隐形的软肋,不管他表面装得多么冷漠高傲嚣张跋扈不可一世，那些人对斥骂无感，却偏偏受不了真情。

方云祈被免职之后受尽了冷眼嘲笑，亲戚家人的疏远让他堕至低谷、放弃前进，就是这样的时刻，陶知遇的那封信出现了。

这是一个十分微小的举动，但刚好点燃了方云祈心中熄灭的火光。

只是，谁能想到，他们会以这种形式重逢？

虽然不确定面前的少年能不能理解这份情谊，郑宇还是选择了和盘托出。末了他感叹道："他们的缘分也挺奇妙的。如果不是当年刚做警察没多久，陈怡在方云祈执勤的路段因为醉驾出了事故，他之后也不会那么较真地非得拦住每辆车检查……"意识到自己说了不该说的，郑宇及时刹住了话头。

他恢复了警察一贯的威严态度，命令宋城："总之，陶知遇受伤这件事，你我都不要争了，责任丢给方云祈，让他们就此两清吧。"

宋城望了望步行梯明亮的出口，他还在因陶知遇写道歉信的事情感到震撼。认识五年，他从来都没有哪一刻看透过她。

从来没有。

他回转目光，看到方云祈已经走了出来。

宋城下意识地起身，他希望自己和那个人对峙起来，不至于显得太年轻、太单薄。

方云祈来到他身边，掏出钱包，递给他两张百元纸钞，交代道："我都和知遇说好了，你拿着这些钱送她回家吧。"

他叫她知遇。

宋城没接那些钱，越过他，上了楼。

这五年来,他是以抚平酒驾事件带给陶知遇的伤害的理由留在她身边的。他们之间唯一的特别关系链,全仰赖于这段过去。

但这次陶知遇和方云祈重逢,大概会抵消所有伤害吧。

不过没关系。宋城想,就算他搞砸了一切,无论何时,无论任何人,都别想从他身边抢走陶知遇。

自从在医院见过一面之后,陶知遇总是不断地想起方云祈。她把这个症结归到了受伤的胳膊上面。

如果不是这次意外,陶知遇大概永远也不会意识到缺少一条胳膊的重要性。

特别是右胳膊。

她甚至筷子都没办法用,就别提写字了。

每当她抱着"就轻轻抬一下应该没关系"的心情去尝试时,钻心的疼痛就会嘲笑她有多无知。

"伤筋动骨一百天,我看你这段时间可怎么办!"妈妈第N遍没好气地表达愤怒,因为陶知遇基本生活能力丧失,给她增添了很多麻烦。

当然,陶知遇知道,妈妈的怒气不仅仅是因为她弄伤了自己,还因为,这次意外让她们与方云祈的人生轨迹再度交会了。

对于曾经诬陷过的人,任何理由的再遇都是折磨。

即便方云祈赔付了一笔可观的医药费,妈妈还是没能饶过她。她抱怨她没事跑去看什么电影。要是把时间都用在学习上指定不会出这种事故,万一手臂恢复不好影响以后的生活怎么办?

陶知遇忍无可忍,从车里下来,走向学校时忍不住回头顶了一句嘴:"你如果不生下我,岂不是更轻松?"

从那天开始,妈妈噤了声。

她在等自己道歉,但陶知遇根本无暇顾及,她心里早就乱成一团了。

方云祈没有来看过她,但是打过几次电话,只不过,每一次都在响两声之后被陶知遇挂断了。

这是一种拒绝的信号,她相信自己传达到了。

如今的陶知遇,即便仍然拥有善良,但也不会像曾经那般因为单纯而无惧后果了。

重新与方云祈产生交集,会不会再度让自己回到舆论的中心?

那些充满恶意的言论攻击到自己身上该怎么办?

妈妈能承受吗?离婚之后她的神经变得极度敏感、易怒,还动不动就哭。

她不能不考量这些,而在得到确切的答案之前,她不想见到方云祈。

午饭时间,陶知遇用左手拿着宋城买给她的饭团,坐在学校凉亭的石桌前,心不在焉地吃着。

"喂喂!别吃包装纸啊。"宋城伸手制止她,"你想什么呢?"

"没什么。"陶知遇勉强笑了笑,这件事宋城给不了她意见,所以还是自我消化比较好。

宋城拿起旁边的新筷子，左右手并用，细心地将煎蛋分成四块，一块一块送进陶知遇嘴里，看着她咀嚼完，又把水递给她。

做完这一切，他才积蓄了说出下面的话的勇气，他说："我都知道了。"

"你知道什么？"陶知遇咽下一口水，拿纸巾擦擦嘴角，抬眼反问他。

宋城叹口气，望着她，道："你和方云祈的事。"

陶知遇愣了一下，又恢复如常。"哦。"她给予淡淡的回应。

"你打算怎么办？"宋城观察着她的表情。

陶知遇故作轻松地耸耸肩："我妈害他失业，他影院的车炸伤我，恩怨一笔勾销。"

宋城将一次性碗盘收进垃圾袋，漫不经心地拆穿她："车是那个叫郑宇的警察借的，安全气囊是我触发的，你明知道，这事儿不怨他。而且，他根本没有记恨过你，甚至还很感谢你。你妈妈知道你给他写过信吗？"

陶知遇有点儿不高兴了："所以，你想说什么？"

"你不应该再跟他有任何联系，否则那就是对你妈妈的背叛。"

陶知遇久久望着宋城，片刻后，问他："宋城，从医院回来之后我突然想起一件事，你不是从小就很喜欢研究车吗？"

怎么会不知道安全气囊的开关按钮？怎么会明知危险还去触发它？

陶知遇没有说出后面的问句，点到为止。她抓起放在石桌上的手机，转身离开了。

而她身后的男生，埋下头，一遍遍用纸巾擦拭着石桌上的油渍。

有些人，心里永远藏着擦不干净的脏污。宋城想，那个人就是自己。

第三章 在秋天里重逢

方云祈把手机放下。

他站在窗前，望着刚刚降临的夜幕，中指的指腹无意识地搓着食指的指甲。看样子陶知遇是打定主意不接他的电话了。

他不知道陶知遇的躲避代表着什么。

害怕自己就那段不愉快的过去向她问责？抑或是并不想与他产生过多交集？还是说，担心他要求她帮忙澄清舆论化解影院危机？

但不管哪一种，陶知遇都误会了，他打电话过去只是想知道她的伤势有没有好转。

这一刻，方云祈突然意识到，或许，陶知遇的心境相较于几年前写信时，已经完全变了。

十一二岁的时候大概还能称之为小朋友，但现在，她步入了青春期，面对一个比自己年长十五岁的成年男人，当然是应该心怀忌惮的。

他不能以成年人的视角揣度、逼迫她，不然就显得太卑鄙了。

他赔付了足够的钱，如果陶知遇认为他们的关系就应该止步于此，他也没什么好遗憾的。对于方云祈而言，他只要弄清楚写那封信时的陶知遇是不是真心的，就够了。

他没有辜负一个小女孩对自己的信任，没有对命运的摆布听之任之，也算是对她有所回报了。

方云祈不想对任何人有所亏欠，他实在受够了亏欠的滋味。

点燃一支烟，方云祈把烟灰缸挪到窗台上，在只开了一盏台灯的昏暗房间里沉默着抽烟。

对面的那棵银杏树,叶子已经落得差不多了。北方短暂的秋天结束,就会迎来漫长的冬日。

春秋是很舒适,但不值得信任,那种总是很快就过完了的感觉令人不踏实。相对而言,方云祈更喜欢炎热和寒冷。

可他曾经拥有过一个喜欢春秋的女孩,因为她最爱穿各式各样的衬衫。

每每想起那段共处的时光,方云祈都会心生懊悔,攒什么钱呢?还不如多给她买一些好看的衬衫,让她过得开心点。

"陈怡。"方云祈低声唤出这个名字,"生日快乐。"

掐灭烟头,方云祈用手拍了拍自己的脑门儿,发烧产生的轻微晕眩,让他犹如喝醉了一般。他从书桌抽屉里找出一盒不知放了多久的退烧药,就着桌上的一杯冷水吃掉,套上外套,开车前往影院。

这就是方云祈没有搬家的理由。

自从影院开张,他几乎没在家里睡过觉。

夜间经营的模式让方云祈多了很多忧虑。特别现在人手不够,又只有助理一个女孩子,大晚上把女孩独自放在荒郊野外,他不放心。

所以,影院入口收银的那个房间,他当初特意找人建了个套间。里面是间办公室,办公桌对面放着一组用以接待客人的沙发,搁个枕头,就成了他睡觉的地方。

创业很苦,这毋庸置疑,但相较而言,过程中伴随的种种意外才是最难解决的。

虽然陶知遇伤得不算太重,但当天是周日,正是营业高峰期,现场的目击者太多,左一句右一句,再添点油加点醋,一件小事也能变得扑朔迷离起来。

众口铄金,辩解或许只能带来更大的话题讨论度,所以,方云祈索性采取沉默不言的方式,等待这股舆论冲击波过去。

生意顿时就冷清下来了。以前车不够用,现在倒是可以随便开了。

方云祈看着因为车辆减少而倍显空旷的广场,心情多少还是受了些影响。但他还是得假装镇定,因为,他不仅没有依靠,还是很多人的靠山。

"方总,怎么办啊?"助理愁眉苦脸地望着他,问,"老这么下去,咱们会不会停业啊?"

方云祈语调温和地安慰她:"不会,首先,咱们不用出房租,这就省了一大笔开销。"说着,他看了她一眼,"至少再发你一年半载的工资是不成问题的。"

助理的脸腾地红了:"我不是这个意思。"她绞着手指,小声地说,"仔细想想,我可真是太杞人忧天了,郑哥过几天要去跟投资商谈合作的事情了吧?等咱们拉到投资,就没什么怕的了。"

方云祈望着她单纯的笑容,微微点头表示赞同。

商场如战场,最怕露出破绽,哪怕一丝一毫,也可能被盯上,瞬间全军覆没。

影院在短时间内营业额破表,引了不少人眼红,方云祈有预感,要想顺利渡过这次难关,他可能免不了要失去些什么了。

看了看时间，还早，顾客少，相对的需求也少了很多，待在这里也是闲着，方云祈想到有个地方自己好久没有去过了。

他重新拿起车钥匙，边往外走边嘱咐助理："郑宇找我的话，就说我不舒服，还在家里休息。"

见助理一脸难为情，方云祈以为她害怕了，于是安抚她："不用担心，我用不了多久就回来了。"

"啊？不是。"助理摇摇手，解释道，"我想确认一下，是让我跟郑哥说谎吗？"

方云祈看着她，点点头。

即便是最好的朋友，即便共同度过了十几个年头，但他还是拥有着属于自己的秘密。

回到车里，在驾驶座上坐好，方云祈呼出一口气，脸色突然变得阴郁起来。

陶知遇是从朋友圈中得知知遇森林影院遭投资方撤资的事情的，那时候已经是深夜一点多了。

因为右臂打着石膏，各科老师主动免去了她的家庭作业，空闲时间骤然变多，她翻来覆去地研究上次宋城帮她拍的那些衣服照片，手痒得不行，每天都想画画想到失眠。

躺到床上无聊地刷了刷朋友圈，正巧看到了那则从微博上转发过来的长文。

热度很高，评论达到了上万条。网友们热情高涨地谈论、谩骂、嘲讽的姿态，简直和五年前如出一辙。

陶知遇看着文章中伤者化名的"小芸",忍不住撇了撇嘴。

文章中有一张方云祈的近照,大概是此前采访时拍摄的。陶知遇点击相片,手指框住他的脸,微微放大影像,直视着那双眼睛。

重逢后的照面,她都没敢仔细看他,这样审视起来,方云祈除了肤色更黑了些,好像的确没有太大的变化。

他说多亏了那封信,让他重燃希望。

陶知遇微微扬了扬嘴角。

方云祈没有说谎,他穿的那身灰色西装,衣服上的褶皱诠释着他内心的从容,他并不是伪装出来的平和,他真的已经走出了酒驾舆论带来的影响,成了值得敬重的企业家。

在去知遇森林影院的时候,宋城告诉她,这里的老板为了让周边环境对得起"城市氧吧"的称号,种了满山的树。

陶知遇无法想象这件事实现起来的难度,但是做出这么多努力的人,不应该这么轻易再度跌入谷底。

面对文章中各类专家对于知遇森林影院的大段前景预测,陶知遇用左手手指敲了敲屏幕,挑挑眉。

她改变主意了。

没有什么是可以被预测的,陶知遇在黑夜中无声反驳。

第二天一早,当陶知遇走进教室,面对同学们无言的注视,心里已经大致有了底儿。

微博的事件发酵力度一如往常。昨晚,陶知遇用自己的账号转发了她看到的那篇文章,她表明自己就是事件中的伤者,她的名字并不叫小芸,她叫陶知遇。

为了证明自己所说的每句话都属实,她还另外发了一篇新微博，配以借用台灯的灯光拍摄的几张照片——

事发当天的电影票、医疗诊断书、打石膏的手臂、妈妈曾截图给她的银行短信收款记录，转账人是方云祈。

她将所有责任都揽到了自己头上。说是因为当日预约已经满了，可她和朋友不愿白跑一趟，在被告知车辆不安全的前提下还坚持上车观影。而途中，她不小心触发了副驾驶的安全气囊，导致自己受伤。

老板念及她还是个学生，不想让她成为舆论的靶子，才没有出面澄清，甚至还因为她家境不好而赔付了相当高昂的医药费。

她在微博中呼吁网友停止对方云祈的谴责，不要再故意抹黑知遇森林影院。甚至，陶知遇还详细复述了当日的观影体验、各位工作人员应对突发事件的专业态度，并给予了极高的评价。

事件的骤然反转，在网络上引起一片哗然。

陶知遇趁着上课之前，看了看微博私信，已经有至少十家媒体要约她单独采访。她没有回复，全部删除。

放下手机抬起头的时候，恰巧看到了走进教室的宋城。

她对他耸耸肩，用肢体语言表达一切都是自愿。宋城皱着眉头，脸色阴沉，他垂眸经过陶知遇的座位，坐到最后一排。

早在做这件事之前，陶知遇就预料到宋城应该会不爽。她淡淡笑了笑，低头编辑内容，回转了最后一条微博，在上课铃声敲响之际，关掉手机，打开了英文课本。

有位网友质疑她的话，并坚持认为她已经被方云祈收买。为了让自己的话更具说服力，网友还扒出了方云祈五年前做交警时因查酒驾致人受伤的事，以此证明他就是个毫无人情味的、不顾

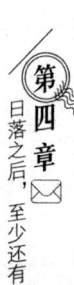

一切谋利的、彻头彻尾的浑蛋。

陶知遇刚刚就是回复了这条微博。

她在编写那句话时,心中浮现出奇怪的情绪。

小时候,陶知遇眼睁睁看着方云祈遭受网络攻击,为了保全妈妈,她选择做缩头乌龟。

后来,因为心中实在太过愧疚,她给方云祈写了信,在信中约定,当有一天变得足够强大时,一定会亲自向他道歉。

但是现在想一想,仅仅道歉又能挽回什么呢?

方云祈对她和妈妈已经非常宽容了。而现在在重新面对同样的情况,仿佛是冥冥中的考验,也成了陶知遇弥补当年过错的唯一机会。

她或许还不够强大,但她提前做些勇敢的事,也是不犯规的吧?所以她告诉那位网友,自己正巧就是当年酒驾事件的目击者,而那个被方云祈扯拽晕倒的女人,是她的妈妈。

作为方云祈曾经的敌人,此刻她站出来为他说话,可信度一下子就升高了。

陶知遇不置可否地笑笑。和方云祈重逢后,她因为担心往事被曝光,而故意无视了他的电话。现在,她突然向网络上的万千观众主动倾倒过去。

人思想的转变简直快如闪电。

是的,她想通了,即便再次成为话题中心,即便要重新受人指点,那又怎么样呢?她已经十五岁了,还能比十岁时的承受能力更差吗?

放学铃声刚刚敲响,妈妈的电话就打了过来。

一看就是一直在等她下课。陶知遇接起来,将听筒微微拉远,妈妈的吼骂声依然冲击着耳膜。

同桌诧异地望过来,陶知遇起身,走到教室外面的步行梯转角,那里人少。

"你以为自己多大了?"妈妈不断重复着这句,"你有什么资格自作主张?"

"妈妈。"陶知遇打断她,"你不用担心,我只是表明了身份,没有说别的。"

这是个心照不宣的解释。

妈妈沉默了一会儿,忽然又大声吵嚷起来:"我难道怕你说什么吗?我又没做错!我告诉你,陶知遇,我什么都没做错。"

没做错的人根本不需要大声为自己辩解。

陶知遇轻轻点头,违背良心附和:"你没做错。是我错了,错了就应该道歉对不对?"她深吸一口气,压低声音解释,"妈妈,如果我不借此机会向那个人道歉,我可能一辈子都活在自我嘲弄里。根本不需要别人谴责我,我自己都看不起自己。你希望我成为那种人吗?"

妈妈继续沉默着。陶知遇又说:"妈妈,假如你爱我,你起码应该帮助我成为一个心理健康的人。"她微笑,声调也缓和下来,"我知道你是爱我的。"

话音刚落,陶知遇就听到电话被挂断了。

方云祈把车停在陶知遇所在的学校门口,他没有下车。

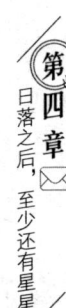

离晚自习放学还有段时间,他解开安全带,靠在椅背上等着。

车子为了看电影时不受外界干扰,特意做了很好的隔音效果。此时,车厢里一片安静。手机铃声突兀地响起,几乎吓了方云祈一跳。

他看了看跃动在屏幕上的名字,是郑宇。

"你去医院看了没有?"

"看什么?"

"大哥,你都连续发烧多少天了?跟病毒硬扛吗?"

哦,原来是这事儿。方云祈用手背试了试自己的额头,难怪他觉得有点晕,原来还在烧。"顾不上了,有点忙。"

"去趟医院能花多少时间?"

"你打电话不是专门要说这个的吧?你不好奇陶知遇为什么发那条微博吗?"

郑宇笑了笑:"我倒没觉得有多惊讶。小时候就已经懂得要为错误买单的小姑娘,成长几年,没道理退步吧?"

方云祈的嘴角弯了起来,他同意郑宇的说法。也是因为深知背后的缘由,他才深深感动于女孩那颗纯真如玉的心。"我现在……"

方云祈的话还没说完,就被郑宇打断了:"我有电话进来了,是投资方,先不跟你说了。"

电话断了。

方云祈不知道这意味着什么,但至少出现了希望的曙光。

这种感觉并不陌生。

他从回忆里脱身,把目光再度放到校门口。还有五分钟就放学了,他觉得坐不住,但他不能出现在她的同学面前,否则一定会引起骚动。

他经历过网络暴力,知道其中的残酷,如果要向所有网友证实陶知遇所言属实,除了对一切默认之外,他还得避着她。

方云祈深呼了一口气,确认学校放学后,他打电话给陶知遇,等了很久,本来已经做好了被拒接的准备,没想到电话通了。

"我是陶知遇。"

方云祈愣了下,才说:"我是方云祈。"

"你好。"

"你好。"发烧的眩晕让方云祈微微感到不真实,他捏了捏干涩的嗓子,继续道,"我现在在你们学校门口。不过你不用担心有麻烦,我在车里,不会让你看到我。"

"你在我们学校门口?"陶知遇微微扬起声调跟他确认。

"对。"

"那你等一下。"

方云祈刚开始还有点没明白,陶知遇让自己等什么,直到女孩穿着校服奔跑的身影从校门口的人流中冲出来,停在了自己车前。

她歪着脑袋往车里探看,确定是方云祈后,敲敲车窗,示意他打开车锁。

方云祈盯着坐到自己身旁的女孩,满脸无法掩饰的诧异。

陶知遇把手机收好,四下看了看,跟他确认:"这个安全气

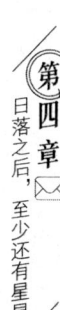

囊不会突然弹出来吧？"

"你不该上车。"方云祈正色道，"你这样会让你的同学们产生很多误解。"

陶知遇看着他，弯了弯唇角："你以为我不上车，他们就不会误解了吗？"

方云祈被她噎得一愣，还是硬着头皮反驳："总归是好一些的。还有，我今天来，是想告诉你，虽然我很感谢你帮我化解了危机，但责任并不在你身上，我可不赞成你说谎。"

"我没有说谎。车是郑叔借的，安全气囊是宋城触发的，跟你的确没关系。况且……"

女孩停顿了一下，方云祈轻声追问："况且什么？"

"况且我也想愚弄一下那些人。"

"哪些人？"

她的声音依然淡淡的，像初冬夜里的风，带着微微的寒意："网络上的那些人。只许他们无中生有吗？"

方云祈有一瞬间没反应过来，只听女孩用他从未听过的那种微微上扬的声调，说："方叔，我为你报仇了。"

十五岁的陶知遇陷在宽大的副驾驶座椅里，显得格外瘦小。方云祈望着她，久久说不出话来。眼眶热热的，他不敢眨眼，三十岁的男人，如果因为小女孩这种幼稚的安慰而落泪，可就太丢脸了。

所以，方云祈别过头，调整情绪，让自己的声音变得平和："你还太小，有时候解决问题的办法并不是只有往前冲这一种。"

"那要怎么样？像你一样选择沉默？"

"不说就不会错。"

陶知遇垂眸,继续反驳:"错了又怎么样呢?你们成年人总喜欢找借口。离婚有离婚的借口,忍耐有忍耐的借口,连懦弱都有借口。这些借口准备得那么充分,到底是为了说服别人,还是自己?"

方云祈哑然失笑,他被问住了。

校门口涌动着放学的人流,人来人往,很多人都看到了这辆车。学生们躲在一旁,津津有味地猜度着车里两个人的关系,当然,他们根本不在乎对错,毕竟答案与他们无关。

陶知遇下车后,还有人对着她的背影议论。但方云祈注意到,她掏出耳机塞进耳中,独自走在昏黄的街灯下。

驱车离开的一路上,陶知遇说过的话在方云祈心中挥之不去。

女孩灼灼的目光像星星,在无边的夜空中独自闪耀。方云祈蓦然产生了照护这颗星星的想法。

毕竟,世上的星星越来越少了。

自作主张帮知遇森林影院化解危机这件事造成的余波比想象中大。

妈妈为此很长时间没有理会陶知遇,她好话说尽了,实在不知道该再解释什么。宋城无缘由地冷落了她。当然,她一如往常地做自己该做的事,从未主动上前打听他不理自己的原因。

这是维护他们关系的规则,陶知遇不敢轻易打破。

而方云祈，自从那天在车里见过一面之后，他没再找过她。

应该是在忙着和投资方商谈合作吧。上次他在电话里说过，托她的福，原先撤资的企业改变了主意。

他说要给陶知遇报酬，被她打断了："我要了报酬岂不就真的像是被你收买了吗？我的良心不允许。"

方云祈轻轻笑了笑："如果什么都不做，我的良心也不允许。我们成年人不习惯欠人情。"

陶知遇认真想了想，回答："那你实现我一个心愿吧？"

"什么心愿？"

"过段时间告诉你。"陶知遇卖了个关子。

她没有许诺具体的时间，主要是因为，陶知遇在等自己的手臂恢复。

好在她的身体很懂事——疼痛感一天比一天减轻，她似乎能看到石膏下面的骨头逐渐愈合的画面。在无比热切的盼望中，她终于迎来了拆石膏的那天。

已经是冬天了，下周气温将会突破零摄氏度。如果再不拆掉这块硬邦邦的石膏，陶知遇担心自己会因为吊在外面的右臂命丧寒风中也说不定。

虽然妈妈在和她冷战，但还是主动开车将她送到了医院。

拍完片子，确认骨头长好了，医生拆掉了石膏，嘱咐陶知遇接下来的一段日子里一定绝对不能剧烈活动、提重物，末了又道："尤其下雪天，要格外注意，小心别滑倒。"

两个人走出诊室，陶知遇在妈妈的帮助下，才将仍然僵硬的右臂塞进羽绒服里。

"谢谢妈妈。"陶知遇无比乖巧地说。

妈妈不理她,径自向前走。

出了医院才发现下雪了。细小的雪花轻轻飘落,耐心地染白整个世界。陶知遇又想起了小时候和爸爸打雪仗的情景。她的目光下意识地落到妈妈的背影上。

她走得很快,似是在躲避什么。

陶知遇追上去,轻声问:"妈妈,我们要不要约爸爸见个面?"其实很早之前,她就想要找机会确认下,离婚那么久,妈妈对爸爸的怒气是否消散了些。

妈妈猛地顿住脚步,回头冲她大吼道:"你忘了我怎么跟你说的吗?永远都不许跟我提他。"

陶知遇试着劝解:"妈妈,你们又不是仇人,别再记恨他了。"

妈妈的眼睛立刻变得通红:"你怎么知道我们不是?"说完她加快了脚步。

她几乎小跑起来,仿佛下定决心要和落下的每一片雪花都划清界限般决绝。

陶知遇无奈地叹了口气。

雪下到深夜,便停了。陶知遇从电子书中抬起头,看到窗外的世界已经穿上了银装。月色很好,她被眼前的景色吸引,起身推开了窗。

那个想让方云祈帮自己完成的心愿,其实就是让他将自己的设计图变成真正的衣服。

这个要求有些无理,但陶知遇所认识的所有人当中,只有方

第四章 日落之后,至少还有星星

云祈有能力实现它。

梦想始于抢走爸爸的第三者,这让陶知遇一直认为非常对不起妈妈。慢慢长大的这些年里,陶知遇一直在想,自己究竟能为妈妈做些什么。

从医院回来的路上,她已经试验过了,妈妈对爸爸仍然充满怨恨。但那些瞒着妈妈,与爸爸偶尔的通话中,陶知遇察觉到,离婚对爸爸而言完全成了过去式,他可以很平和地提起妈妈,甚至问她过得好不好,需不需要帮忙……

这很残酷。既然爸爸已经彻底放弃了这段感情,妈妈也不应该继续留在原地神伤。

与齐阿姨相比,妈妈所缺的也不过就是那些美丽的衣服吧?但齐阿姨缺的可是一个像陶知遇这样的,逐渐成熟长大的女儿。

她一定会非常努力,让妈妈重获幸福。

陶知遇垂眸,目光随之落到了楼下。她瞥见了一个人……

那个拿着扫把独自在单元楼门口扫雪的瘦弱矮小的女人,是自己的妈妈。她裹着宽大的黑色羽绒服,头发随意地绾在脑后,吃力地将积雪扫薄。然后又从地上拎起白色的塑料袋,将其中的白色颗粒均匀地撒在路上。

陶知遇知道,那是粗盐。

她想起白天医生的嘱托——小心别滑倒。

"妈妈……"陶知遇在黑暗中呢喃出声,眼眶热了起来。

方云祈病了一场。

他原本并没有把持续高烧当回事,扛了一周,直接倒在了影院的办公室。助理发现后,把他送进了医院,一查,是肺炎。

大夫说得很严重,郑宇和助理把他摁在医院待了一个多星期,每天躺在床上睡睡吃吃,方云祈觉得自己大概是把种树那段时间积累的疲惫全都挪到现在消化了。

工作的事只能暂时放下。据郑宇说,和投资方谈得挺顺利。

周边的便利店、甜品店、咖啡店都将在明年初春动工。工期不会很长,投资方建议影院暂停营业,但被郑宇否定了。

他说:"影院刚开张不久,还没积累什么老客户呢,现在暂停营业风险太大,万一这段空白期被竞争对手钻了空子,就甭想再起来了。"

方云祈对此十分赞同,最终两方商议的结果是,把施工场地用挡板圈起来,白天施工,晚上电影开播之前停工,收拾妥当。

另外,关于筹建农家乐的事,方云祈也找村领导谈过几次,本来已经差不多谈妥了,后来影院出了事故,村里的村民对他的信任度降低了很多,再加上他这一病,又耽误了不少时间。

方云祈躺在医院的每一天都在计划出院后要做的事情。他一件一件记在手机备忘录里,心里倒挺平静的。

生活似乎又恢复了阶段性的安宁。

网络上的话题瞬息万变,事情一旦有了板上钉钉的结果,就也没什么可发酵的余地了。

因为身体不便,他没有再去学校看过陶知遇,她比自己想象中坚韧,应该是受了些童年遭遇的影响,遇事勇敢冷静得令人难以置信。

电话倒是打了几次，听她话语中一派坦然，受伤的手臂也在恢复当中。盘算着等她拆石膏的那天，自己肯定早就痊愈了，原本方云祈是打算去医院确认下她的伤势有没有完全恢复，谁知，有些事发生在了计划前面。

出院后，郑宇不放心，帮他买了些生活用品，直接把他安排在了影院办公室，不准他一个人回出租屋住。还多支付了一份报酬让助理照顾他……也可以说是监视他，总之，他实在受够了被当成小孩子看护着的感觉，所以碰上生意不忙的时候，方云祈就去爬山。

他仔细观察每一棵树，确保它们正在健康成长。

方云祈对这些树有着非同一般的情感。他原来也很喜欢植物，更何况眼下的这些树，无声承担了他曾经的艰苦和坚持。

于他而言，它们是一群沉默、可信任的靠山。

这天，方云祈像往常一般坐在山顶，自上而下望着那些光秃秃的树干，心中没有一丝担忧。

他知道等来年春风吹起的时候，树木会抽枝发芽，变得繁茂，这是他和它们的约定，它们绝不会失约。

早间的天气预报，主持人说今晚或许会迎来初雪。方云祈拍了拍树干，告诉它们，可以迎接崭新的"冬被"了，然后微笑着下山。

今天是陶知遇拆石膏的日子，不知道他现在去医院能不能遇到她，不过，方云祈一开始也没打算见她，只想找医生确认下，伤口是不是痊愈了。

走到半山腰的时候，方云祈忽然听到助理大喊他的名字，下意识地去摸口袋,果然没带手机。

看她这么着急,方云祈也不免忐忑起来,不会吧?距离上次意外发生才过了多久!更何况,上次陶知遇受伤之后,他已经开过员工会议,告诉所有人,一定要加强安全检查了。

加快脚步来到山下,助理看到他就赶紧迎了上来。

"出什么事儿了?"方云祈问。

助理脸色凝重地把手机递给他,怯怯地说:"方总,刚刚你妈妈一直打电话,我就接了一下。你爸爸的情况好像不太好,阿姨让你赶紧回家一趟。"

虽然有点不明白这个"不太好"意味着什么,但方云祈还是决定回去看看。

这是他第一次从影院回家。路程不熟,他开了手机导航,途中接了郑宇一个电话,扰乱了路线,搞得多绕了十公里路。

方云祈很久没回家了,从那时不做交警,被爸爸赶出家门,已经几年过去了。在他的印象中,爸爸永远都是魁梧的、严厉的。他没办法想象父亲"不太好"的样子,他甚至觉得,这大概是母亲用来骗他与父亲讲和的手段。

这种感觉,在走进家门之后更明显了。

坐在沙发上读报纸的父亲抬眼看到许久未见的儿子,当即扔了报纸,气得大声嚷道:"谁允许你进我的家门的?我有没有说过,你不当警察就也不要当我的儿子了?"

方云祈顿觉疲惫,他懒得争论,掉头就走。

正在厨房张罗饭菜的母亲连忙喊着他的名字往外追,父亲的叫骂声因为防盗门没关,而清晰地落入耳中:"我说你这个老太

婆大晚上突然做什么糖醋排骨，原来是那个浑小子要过来。我看你是老糊涂了！他有资格吃我家的饭吗？"

方云祈快步下楼，生了场病，身体老化了一般，他才刚刚走出单元门，就被母亲追上了。

天气预报很准，果然落雪了。

"妈，你放开。"方云祈垂眸，目光落在母亲拽住自己外套衣摆的手上。

那双手非常苍老，方云祈出生的时候父母年纪已经不小了，如今，他刚过而立，母亲已将近七十岁了。

是的，那双手看起来就是七十岁老人的手，让方云祈连碰都不敢碰。

"云祈，妈没骗你，你爸真的生病了。"

方云祈淡淡地看过去，母亲带着哭腔说："是老年痴呆。"

陶知遇被很大的关门声吵醒了。

她睁开眼睛，发现教室已经空了，看看腕表，晚自习已经结束了很久。她居然连放学铃声都没听到。

最近熬夜太多了，严重睡眠不足的她，每天要靠几包速溶咖啡支撑课堂时间，稍一放松就能睡过去。

她揉揉眼睛，视线中的桌面上摊放着她画的第二十张服装速写。

本来还以为自己已经画了那么多服饰，不需要花费太多心力就可以轻松完成，但陶知遇还是高估了自己的能力。

当然，也低估了服装的诠释能力。

衣服一旦有了特定的诠释对象，可考虑的范围就变得很局限了。

妈妈的身材并不是很好，共处了那么多年，陶知遇很了解她。大约是生孩子带来的缺陷，尽管很瘦，但她的腰并不纤细，再加上本身骨骼小，胯部又不凸显，很难体现出衣服的线条感。

偏麦黄色的皮肤给衣服的使用颜色也框定了范围，所有不够饱和的亮色都不衬她的肤色。

妈妈目前就职于一家广告公司，常常需要出门洽谈业务，过于正式紧身的套裙会限制活动，也不适合。

陶知遇一套一套地搭配，又一套一套地推翻。

那种既可以提升个人魅力又不会显得过于刻意的平衡点，陶知遇冥思苦想了很久，始终找不到。

她托着脸颊，拧眉无意识地转着手中的笔，一不小心，笔落到了地上，她低头去捡，起身时无意间瞥到了教室外面的身影。

教室在一层，学校里的路灯很亮，陶知遇几乎可以连宋城的表情都看得一清二楚。他倚着一棵光秃秃的银杏树，站在薄薄的积雪上，嘴角耷拉着，一脸颓丧。

察觉到陶知遇的目光，他抬起眼睛，与她对视。

那一瞬间，隔着静静流淌的月光和一片萧瑟的冬日夜景，陶知遇突然明白了宋城目光里的那份诉求。

对于十几岁的男孩子而言，有很多时刻，是不能低头的。对，不是不想，是不能。因为低头代表着放弃自尊。

在更小一点的时候，他可以为了向陶知遇道歉而不断纠缠

第四章　日落之后，至少还有星星

她；读初中之后，这种纠缠变成了沉默的陪伴；如今，完全褪去童年孱弱的外壳，变得越发强壮高大的他，在无声守护她、帮她打理一切的基础上，似乎也开始探索两个人友情的公平性了。

陶知遇是个聪明的女孩，并且，她非常善于利用自己的聪明，她知道何时应该守在原地，何时应该向前迈进。

曾经，为了不打破自己与宋城之间的相处原则，她故意让自己变得被动。这段冷战期，她虽然一直在忙碌，但每每想到宋城，还是会觉得遗憾和失落。

她习惯了一直以来等待接受指令的状态，当宋城不再给她明示，为了不触及他的"雷区"，她仿佛就只能在原地徘徊了。

还好，此刻，她再次接收到了指令——为了等自己醒来，他才放学后故意在学校待了这么久。陶知遇长出一口气，心中的憋闷顿时消失了大半。

宋城并没有看透陶知遇的心理活动，他以为陶知遇不想见他，所以，失望地垂眸，掉头离开。直到重重的落地声传来……

他不可思议地转过头，看到陶知遇从教室窗下站了起来。

难不成她刚刚翻了窗？

还没等宋城反应过来，陶知遇就朝他跑了过来。

印象中，这是她第一次没有停在远处等着自己走过去。面对因为距离拉近，而不断在自己眼中放大的女孩的脸庞，宋城突然间觉得有些无措。

但很快，心中的欣喜冲垮了那些别别扭扭的情绪，他摸着后颈，眼眶因为激动而微微泛红。从陶知遇手中接过她沉重的书包，如往常一般背到另一侧的肩膀上。

"走吗？"他向前扬扬下巴。

"走啊。"陶知遇笑着附和。

直到两个人一起坐上公交车，在灯光昏暗的车厢里，陶知遇才随着深夜轻摇的行驶节奏问出那句话："为什么生气？"

良久，坐在身旁的宋城才答："没有生气，只是害怕。"

"怕什么？"

宋城抿了抿嘴角，像做了什么重大决定般，说："怕你的过去成为人尽皆知的事情。"

陶知遇转过头看着他："那又怎么样呢？"

"我就不是唯一知道你秘密的人了。"

愣了一瞬，陶知遇轻轻笑了。她用食指戳了戳男孩耷拉着的脑袋，轻轻笑了："傻不傻？"

"傻吗？"

"非常傻。"

"哦。"宋城把头埋得更低了。

"宋城，"陶知遇叫他，语调轻缓地解释，"无论对谁，你永远也不应该渴求'唯一'的地位，那是很危险的事情。"

宋城听得云里雾里："怎么讲？"

"首先，这个目标会让你失去自我，蒙蔽内心很多真实的想法。其次，你那么轻易就展示了自己的软肋，很容易被利用。"

"你想利用我吗？"宋城目光直白，"你可以随时利用。"

陶知遇指着他，半晌什么也没说出口。她扭过头，望着玻璃窗上映出来的两个人不时重叠在一起的侧脸，终于还是叹了口气："你赢了，宋城。我决定告诉你一个永远都不可能被别人知

道的秘密。"

霓虹灯下,少年望过来的眼睛里装满彩色的星星。

陶知遇看着那些近在咫尺的"星星",扯起嘴角,说:"你不理我的这段日子里,我其实很伤心。"

方云祈收到陶知遇寄来的快递时吃了一惊。

快递员说寄件人要求他一定要派送到本人手上,地址写的是出租屋。也没什么奇怪的,当初印名片的时候他随手把住址填成了那里。

但他现在人在一百公里之外的影院。

方云祈问询了下快件的体积,得知只是个文件袋时,他建议快递员直接从门缝里塞进去。结果对方说什么都不肯同意。

"寄件人一再交代过一定要把快件交到本人手上,否则就会投诉我们的。大哥,您体谅一下我们呗!"

话已经说到了这份上,方云祈没辙,要了快递员分属的站点,决定自己开车去取。

路上他接到了母亲的电话。

她用极小的声音对他说:"你爸刚刚又犯病了,对着我叫姐姐……"母亲的话还没说完,就被一句中气十足的呼喝打断了——"老太婆,都一点了你怎么还不做饭?"

"你爸叫我了,我先挂了,云祈你抽空回家看看啊。"

方云祈一句话都没能说出口。

这样也好,他本来也不知道该说什么。

虽然母亲一再强调父亲的病情有多严重，但在他听起来，无非是记忆力变差了而已吧。已经七十岁的父亲，记忆力差一点不是理所应当的吗？

而且有些关怀，要对方愿意接受才能说得出口，父亲连家门都不让他进，他就算回家也是给他添堵而已。

如果不是为了照顾母亲的情绪，方云祈可能会毫不犹豫地拒绝："我见他也不会对他的身体恢复有什么帮助。"

当然，他不能说。

之前方云祈向母亲要过诊断证明确认，她说父亲一拿到就气得撕碎了。母亲忍了一辈子父亲的坏脾气，他作为儿子，可不想成为让自己讨厌的那种人——父亲那种人。

他很担心母亲一个人照顾父亲会很吃力，毕竟年纪也不小了，所以曾经提出要帮忙请护工。

"请护工？"听完方云祈的建议之后，一向温和的母亲突然变得非常严厉，"绝对不行。你爸又没有失去生活能力，我们这样做，不是寒了他的心吗？"

这句反驳让方云祈直到现在回想起来仍然觉得不可思议。

明明几十年来都备受苛待，为什么还是对父亲怀着如此深厚的感情？她自己难道就从来都不会寒心吗？

面对母亲的坚持，方云祈只好让步。

自此，他开始频繁接到母亲的电话。母亲表现出来的恐惧，方云祈也不太理解，他一遍遍解释不过是记忆力下降了而已，不用那么紧张。但下一次她依然会惊慌不已。

说实话，方云祈有点儿疲倦。他自己这边还一大摊子事儿

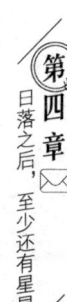

呢。不过他深知,这些抱怨说出来绝对不如不说。

车子驶出高速收费站,方云祈终止了这些乱七八糟的想法。

正值中午,没有遇到堵车,他比预期早了半小时到达快递站点。从快递员手中接过那个薄薄的文件袋时,方云祈有些哭笑不得。

不知道陶知遇那丫头搞什么鬼。

他回到车里,打开文件袋,从里面抽出几张A4纸,贴在最上面的便笺上有几句附言:

方叔,你不是说要帮我完成一个心愿吗?我的心愿就是,请你找人按照我画的服装设计图定制几件衣服,我想送给我妈妈。

我想,如果她变漂亮了,或许可以快乐一点吧。

我知道我妈妈曾经做过错事,对你提这个要求很不应该。但是方叔,我的身边只有你有能力帮我实现心愿。

不然就当我欠你的?等我工作了,一定会还的。P.s:最后一页有惊喜,不过你可能会觉得是惊吓也说不定……

陶知遇的字相较从前漂亮许多。不过细看的话,还是能看出曾经的痕迹。特别是那个遇字的偏旁,她好像经过了很多次的练习,但仍然写得不尽如人意。

方云祈取下设计图上的曲别针,一页一页翻看着:一条深蓝色牛仔裤,一件酒红色高领毛衣,一条黑色包裙,一件灰蓝衬衫、米色翻领长款呢大衣和一套……男士西装?

区别于大部分正装所传达出的严肃刻板,陶知遇用了休闲和正式兼备的灰色底色,但衬衫选的是雾霾蓝,米色和咖啡色交织的斜条纹领带，棕褐色皮鞋。

除了那套男装，每件衣服的各个位置都标注着详细尺寸。根据尺寸上的数字可以断定，这套西装绝对不是给她妈妈设计的。方云祈诧异地翻过那一页，便看到了附在反面的便笺。

上面写着：我对男装不太擅长，不知道这套搭配符不符合你的审美，我是根据签约场合设计的，如果你打算穿去现场，可以搭一件深蓝色立领大衣。

难怪陶知遇告诉快递员一定要亲自交到他手中，这些手稿的确非常珍贵。而且，即使是方云祈这样一个对服饰几乎没有什么认知的人，也能够看出设计者的用心。

方云祈忍不住扬起了嘴角。

几年前，他拿到那封道歉信时，还曾担心，自己没有对陶知遇的歉意及时给出原谅的回应，会不会影响她的心境？

回想重逢后发生的种种，方云祈不得不承认，陶知遇成长得远比他想象中优秀很多。

他掏出手机，一张张将速写拍摄下来，然后微信传给了助理，嘱咐她找所能找到的市里最好的制衣间，务必让他们保证能够还原所有细节，并能够在与投资商签约之前完成成品。确定之后，他去量尺寸。

助理很快回了语音："好的，方总，我一定竭力做好。"

正要收起手机发动汽车，助理又发来一条语音："方总，我仔细看了下图，可真是太漂亮了。"

方云祈自豪地挑挑眉，一副与有荣焉的表情——

那是，也不看是谁画出来的。

第四章　日落之后，至少还有星星

一放学,陶知遇就往教室外面冲。

课间,班长跟文艺委员商议,放学后要把班里的女生留下来,商量元旦晚会排练合唱的事情。她不想参与这件事,确切地说,是没时间。

"知遇!"宋城在身后叫她的名字,她头也没回地摆了摆手:"我有事,先走了。"

今天是平安夜。他本想和她一起吃晚饭。但看陶知遇的意思,似乎不想被人打扰,他只好失落地作罢了。

宋城猜得没错,陶知遇此刻的确不想被人打扰。

她怕有人在场的话,自己会因为情绪过于激动而做出什么不理智的事。即便是一向以冷静示人的她,也会有激动到难以自控的时刻。

比如,有人穿上了她设计的衣服。

这种只有梦中才出现过的事,如今要发生在现实中了,而且,穿着那些衣服的人是方云祈。

坦白说,方云祈是个好模特。

他个子高,身材比例非常好,并且因为受过严格的训练,更显强壮、魁梧、挺拔。陶知遇真的迫不及待地想要看到那身自己花费了三个星期才设计出来的西装穿在他身上的样子。

看了看腕表,距方云祈早上发微信告诉她的签约发布会开始时间还有半小时。

陶知遇坐在公交车上往外探身,晚高峰拥堵严重。想要在发布会开始前赶回家是不可能了。这么想着,她扭头望了望矗立在站台后方的商场。

陶知遇很久没来这家商场了，之前因为拍摄一家原创店的衣服，被导购抓去过保安室，虽说自己问心无愧，依然还是觉得有阴影。

但是，发布会是直播，公交车上向来信号不好，如果到时间了，视频加载不出来，她估计能在公交车上急到崩溃。

权衡了下，陶知遇在公交车抵达站台时，挤出人群下了车。她一路小跑进了商场，然后直奔位于顶层的女洗手间。

这层洗手间向来没什么人，因为顶层只有一家电影院，而影院里是有单独的洗手间的。

陶知遇进了最里面的隔间，坐到马桶上，打开手机，边等着直播开始，边平复情绪。她咬着食指的指甲，在心中默默倒计时，直到，主持人宣布，让方云祈和投资方企业的董事长从会场左右两边的门登场。

陶知遇的眼睛都不敢眨，她来回转动眼珠，不知道方云祈处于哪扇门后，还好，他比对方好认太多了。

倒不是因为出众的外貌，而是，他在进入室内时仍然没有脱掉大衣。

陶知遇的目光锁定在那个伟岸的身影上，她知道，方云祈是为了让她看到完整的搭配才故意这么做的。

在与投资方董事握手寒暄后，他神色从容地脱掉了大衣。将大衣递给跟在身后的助理时，陶知遇注意到，方云祈故意寻找了一下镜头的位置，深深看了一眼。

眼泪忽然冲进了眼眶。

她根本没想到方云祈会毫不犹豫地答应自己的要求，更不可思议的是，他竟真的决定穿上她设计的衣服，去参加那么重要的场合。

　　这是一种无言的肯定，让陶知遇确信，即便因为她的莽撞，害得父母离了婚；即便因为她不够勇敢，在妈妈诬陷方云祈时未能出面澄清；即便因为她毫无经验，不得不摸索着度过曲折艰辛的成长过程……但没关系，她犯的那些错全都可以被补救、被原谅。

　　她仍然算是蛮不错的那类女生，值得被关怀，值得被爱。

　　担心打扰到他忙工作，所以陶知遇把那条饱含感激，但说出来也不过只有简单的两个字的"谢谢"留到了签约完成，直播结束后才发送。

　　陶知遇感觉自己整个人像被抽干了似的，魂不守舍地往外走。经过一家服装店时，她本能地顿住了脚步。

　　这是一家新开的店铺，牌子她没见过。衣服的款式挺普通的，但撞色非常特别，颜色普遍都是时下很流行的莫兰迪色。陶知遇在这次设计衣服的过程中，明显感觉到自己在色彩搭配上还十分欠缺。眼下，那家店对她发出了召唤。

　　陶知遇忘记了此前被导购扭送到保安室的前科，不由自主地走进了店铺。

方云祈边讲电话边开车赶往那座专卖原创服饰的商场时,陶知遇正坐在其中一家服饰店里接受威胁。

店员气急败坏道:"再不告诉我手机密码,我真把你送到保安室去了!"

陶知遇冷冷地看着她:"除非你们店主先向我道歉,否则我不可能删除照片。"她并不是蛮不讲理,也已经意识到自己的确有错,但店主言辞过分的呵斥让她不爽,所以才故意拒绝删除照片,在店里僵持着。

"我说你这姑娘怎么这么倔呢?"见硬来不行,店员好言相劝,"你手机都被扣留了,还强撑个什么劲儿呢?你晚上是不是还得上课?赶紧服个软回学校吧。"

陶知遇瞥一眼站在店门前讲电话的店主,沉声问:"如果有人不依不饶'问候'你全家,你会善罢甘休吗?"

年轻的店员凑近陶知遇,压低声音,道:"哎呀!你不知道,上个月有件衣服刚做好准备上架,结果设计师违约把设计图高价转卖给了别人,最后没办法,做出来的成品全都赔钱低价处理了。所以你是撞到枪口了。"

女店主讲完电话,面色不善地回到店里,正要继续指责陶知遇,有个装扮优雅的女人紧跟着走了进来。她不得不换上笑脸,去招呼顾客。

奇怪的压抑氛围里,那位顾客气定神闲地细心留意着每件衣服,但眼神时不时会朝着陶知遇的方向瞟过去。

陶知遇从不怕被注视,她抬起脸,迎上了那道探究的目光。

女人有张精致的脸庞，与她身着考究的衣饰十分相配。

她望着陶知遇，温柔地笑了笑。

但陶知遇根本没来得及回应这个笑容，因为方云祈突然出现在了女人身后。

他的到来引起了不小的骚动。店主认出了他，眼神不可思议地在陶知遇脸上扫了扫，惊诧道："你是她的家长？"

陶知遇也朝方云祈望过去……家长？怎么回事？方云祈为什么会突然出现？

"叔叔。"方云祈说完，看了陶知遇一眼，似是在确认她有没有受伤。而后他面色沉着地叫她："陶知遇，过来。"

她听话地走过去，此时此刻，走向方云祈比待在任何一个地方都令陶知遇更舒适。

"发生了什么事？"方云祈低头，耐心询问她。

他还穿着那身西装，应该是直接从发布会现场赶过来的，陶知遇不知道店主是怎么联络的他。当然，现在这些问题都不重要，她垂下头，有点儿沮丧，明明刚刚在他面前扮演了完美的"服装设计师"形象，此刻就像被一下子打回了原形——她成了狼狈的因为偷拍别人店里的衣服而被抓了现行的高中生。

她无法解释来龙去脉，羞耻感让她开不了口。

见她不答话，店主也顾不上刚刚的客人了，激动地走过来，添油加醋地情景重现了一番，最后回身去找店员寻求附和："小王，你刚是不是说她不是初犯了？上次被逮到直接送进了保安室对吧？我们做原创服饰多不容易，卖的就是独一无二的款式，这要是被她拍照盗窃了，我们每天起早贪黑跑出去打板做样品，付

出的那么多努力不是白费了吗？你作为家长，一定要对……"

"她都拍了什么？"方云祈温声打断她。

"啊？"店主一时没反应过来。

方云祈朝着她手中捏着的陶知遇的手机扬了扬下巴："照片里拍了些什么？"

"就……衣服啊。"店主比画着，"我们店里靠门边的一件暗粉色荷叶领衬衫，被她从前到后拍了个遍，仔细着呢！"

方云祈点点头，表示知情了，他思考了几秒钟，而后继续用温和坚定的语调问："那件衬衫还有多少库存？"

店主愣了下，下意识地答道："也就二十几件吧。"

"行。"方云祈从钱包里掏出银行卡，递过去，"我都买了。"

陶知遇惊讶地抬起头，她伸手抓住方云祈的衣袖，用眼神表达无声的制止。但他给了她一个宽慰的笑容，坚持己见地结了账。

他保全了陶知遇的自尊，但是这个代价……未免太大了些。

原创服装定价普遍较高，陶知遇看到开单的数额，整个人头皮发麻。店主倒是立刻改换了态度，一脸吃瘪的模样向她道了歉，归还了手机，只字没敢再提删照片的事儿。

陶知遇默不作声地跟在方云祈身后，看着他手中的几个购物袋，对今晚的冲动和倔强充满懊悔。她埋着头，问："你怎么会来？"

方云祈耐心地解释："签约结束之后，看到你的微信我就过来了。到你们学校门口打电话给你，没想到是别人接的。"

原来他刚去了她们学校，难怪来得这么快。陶知遇抿了抿嘴唇，终于将那句一直徘徊在嘴边的抱歉说了出来："对不起。"

方云祈看她一眼，温和地笑了笑："没什么好道歉的，以后别再犯这种错就是了。"

走出商场大门，方云祈去取车，让陶知遇站在路边等着。

有脚步声渐行渐近，陶知遇回头，竟看到了刚刚在店里的那位女顾客。

她扬起嘴角，绽放出温柔的微笑，问："恕我冒昧，我实在太想知道了，你为什么要拍那件衬衫？"

陶知遇极少跟陌生人搭话，但面前的年轻女人举手投足间充满涵养，令她无法冷眼相对。只不过被她目睹了刚刚的尴尬过程，陶知遇觉得有些别扭："我为什么要告诉你？"

女人从包里掏出名片递给陶知遇，凑近她，像说悄悄话般轻声道："我是那件衣服的设计师。"

陶知遇瞪大眼睛，看看那张名片上的名字，又看看女人的脸，因为惊诧而半晌说不出话。

沈晏瓷。这个名字陶知遇是知道的，虽然作为服装设计师，她的知名度并没有很高，但一些相关书籍上大段引用过她的设计理念。最重要的是，陶知遇非常喜欢她的设计风格。

这个令自己望尘莫及的偶像，明明离她的生活那么遥远……可是此刻，就如梦照进了现实。

"你真的是……"陶知遇难以置信，脸庞因为激动而泛红，

"对不起,我刚刚太没礼貌了。"

沈晏瓷微笑着摇头:"我既不喜欢出镜,又没什么名气,你不认识我很正常。对了,你还没回答我刚才的问题,你为什么要拍那件衣服?"

"因为喜欢。"陶知遇一时间不知道该如何表达自己的心境了,只不断地强调,"我真的很喜欢,才想要拍下来,绝对不是想盗取创意……"

汽笛声打断了陶知遇,方云祈摇下车窗,招呼她上车。

沈晏瓷回头,得体地对方云祈微笑颔首,随后拍拍陶知遇的肩膀,善解人意地说:"你先忙,我就先走了,等你有时间了我们再聊。"

陶知遇目送她离开,坐进方云祈的车,还未能平复激动的心情。

"认识的人?"方云祈发动车子,又提醒她,"系安全带。"

陶知遇转过头,眼睛亮亮的,她迫不及待地分享喜悦:"方叔,我遇到了我的偶像,服装设计师,沈晏瓷。"

方云祈微微一愣,从后视镜里望着远去的纤瘦身影,轻轻扬眉:原来她就是沈晏瓷。

商场距学校不远,晚上路况好了些,没用十分钟,车子已经驶进了学校旁边的小道。路灯鳞次栉比,陶知遇使劲抠着手指甲,在停车之前,终于说出了那句:"谢谢。"

方云祈专心打着方向盘,似是没有听到。

陶知遇不得不提高音调,再次表示:"谢谢方叔穿我设计的衣服，还……还帮我解决了麻烦。"

方云祈熄了火，漫不经心地说："不用在意了，是我能够承受的范围之内才会帮忙。不过我今天来，实际上是为了给你送那些衣服的。"他往后座示意。

陶知遇瞬间反应过来："都做好了？"

方云祈点头："不过……"他望了望校门，沉思了几秒钟，又说，"你拎着这些进教室会有困扰吗？"

如果只有这几个袋子还好，可又多了那些衬衫……可，不管怎样，今晚不能继续麻烦方云祈了："没关系。"陶知遇解开安全带，"把我放在这里就好。"

方云祈点头，他下车取出那些包装袋，绕到副驾驶座位的门边，递给陶知遇："圣诞快乐。"大概是对这种节日祝福不太习惯，他的表情显得有些拘谨。

目送方云祈的车子驶出转角，陶知遇转头看向眼前的一溜包装袋上。

之前找方云祈帮妈妈制作衣服时，她就已经想好，要把这些衣服先存放在宋城的住处。

宋城的父亲常年在外出差，他不愿与继母同住，所以从读初中开始就搬出来独居了。衣服放他那里既安全又可以免除许多解释。

只是，这些衬衫……她该怎么处理？

陶知遇缺了一节晚自习，趁着思考的空当，她拿出手机给班长发微信请假，正巧看到下午放学后，班长在班级微信群里点名批评了几个没有留下来参与元旦合唱的女生，其中就包括陶知遇。

她们班只有二十三个女生，谁不来的确很容易被发现。

等等……二十三?

陶知遇停下正在打字的手指,眼神再度扫过面前的包装袋,渐渐咧开了嘴角。她删掉刚刚编写的文字,重新打下了一段话:班长,我拉到了合唱服装的赞助,需要有人来学校门口帮我搬衣服,我已经联络了宋城,请批他一会儿假。

五分钟后,宋城出现在学校门口,他狐疑地望着被一大堆包装袋簇拥着的陶知遇,难以置信地问:"你搞什么鬼?"

二十三件一模一样的衬衫放到讲台上,很难有人怀疑它具备别的用途。

而鉴于陶知遇曾公开帮助知遇森林解围的往事,大家很容易就接受了她的解释——这份赞助是知遇森林的负责人给予她的特殊补偿。

女孩子们拿到衬衫只顾着欣赏它的精致美丽,班长也为解决了合唱服装的难题松了口气,唯有宋城,听完陶知遇讲述的来龙去脉后,忽然沉默起来。

虽然他爽快答应了放学后把陶知遇寄存在门卫室的那些为妈妈定制的衣服带回住处,但他显得很不开心。

陶知遇没有去探究他不开心的根源,因为她知道,她和宋城的友情一直都不够健康。相处过程中那些张弛有度的考量,有意无意的退让,都足以说明这一点。

可她习惯了宋城的陪伴,习惯了用尽办法来平衡他们时不时就倾斜的感情天平。

自从上次宋城在她面前强调了"唯一性"，陶知遇和他相处时，不得不再多加一层情绪防线。为什么没有痛快地告诉他真相？是因为，她进行了一番很认真的思考，相比方云祈帮自己化解危机，宋城大概更能接受他花钱为班里的合唱团置办演出服。

因为，前者的目标指向只有陶知遇，而后者有很多人。

所以，尽管扯这个谎让她和宋城之间再度陷入别扭的疏离，但陶知遇也坚持认定，这已经是当时最好的解决方式。

特别是，在女生们穿上衬衫第一次彩排时，那幅美好的画面留给她的感动久未消散。

如果不把这些衣服赠予班里的女生们，陶知遇确信，它们只能被自己藏进衣柜深处，不见天日。那对精心设计这件衬衫的沈晏瓷来说，太不公平了。

还有，陶知遇不能白白让方云祈花费那么多钱为她犯的过错买单，她需要竭尽全力给他回报，比如，在班主任得知女声合唱团的演出服是由知遇森林影院友情赞助之后，特意指派陶知遇邀请方云祈来观赏学校举办的元旦晚会。

对于影院来说，高中生也属于庞大的潜在顾客群体，这是一次很好的宣传机会。

元旦假期的前一天，听完陶知遇在电话中讲述的来龙去脉，方云祈有些难以置信地反问："你是说你把那些衬衫以我的名义送给同学了？"

陶知遇一板一眼地纠正他："是赞助给我们班的合唱团了，所以如果你时间方便的话，就来看晚会吧，我们班主任说会给你留最前排的位置。"

方云祈是成年人,他难道会连这种隐晦的补偿方式都不懂吗?他本想告诉陶知遇,其实她不用这么刻意,但转念又想,对别人的帮助无法介怀,正是陶知遇的一贯作风。

她可以坦然道歉,又能够懂得感恩,真的很难得。

"晚会我会去。"方云祈答应下来,转而问道,"你妈妈收到那些衣服开心吗?"

"其实……"陶知遇吞吞吐吐道,"我还没想好要以什么理由送给她。"

方云祈思考了几秒钟,才说:"通常我不知道该如何解释时,就会选择说实话。"

陶知遇苦笑起来:"没那么简单。"

见她不想多说,方云祈很识趣地终止了话题:"有什么需要帮忙的就告诉我,明天见。"

整整一天,方云祈说的话都在陶知遇脑海中挥之不去。晚自习放学后,她心不在焉地回到家,罕见地发现客厅亮着灯。

妈妈没有加班?

陶知遇换了鞋,走到妈妈的卧室门口,看到她正面对着敞开的衣橱发呆。

"妈?"

"哦,你回来了。"妈妈看她一眼,问,"饿吗?要吃夜宵吗?"

陶知遇摇头,随后迈进去,她歪着头,看向衣橱里面:"怎么了?发现蟑螂了?"

"不是。"妈妈哭笑不得,"后天晚上公司要开客户答谢会，要求穿正装。我正在选……"

陶知遇的脑海中立刻闪过了她为妈妈设计的那件酒红色毛衣和黑色包裙。

因为是方云祈出钱，她不敢过分提要求，所以特意从很多设计图中挑选了几款百搭、穿着率高的衣裙。

那套既得体，又不会过于华丽，穿去答谢会非常合适。

可是到底该以什么样的理由送给妈妈才不会被怀疑呢？方云祈建议她说实话，但是……陶知遇没信心，她总觉得，以妈妈的现状，还不能承受她隐瞒多年的秘密。

在卧室里苦思冥想了好一会儿，陶知遇最终决定就用最简单的办法好了——匿名包裹。

她给宋城发微信，这还是自圣诞节之后，她第一次与他主动联络。为了达成目的，陶知遇不得不在说辞上耍了一些小心机：

宋城，有一件事，只有你能帮我，你愿意吗？

很快，她就接连收到了三条回复——

还用问吗？

什么事？

说吧。

陶知遇用手指摩挲着页面上属于宋城的微信头像，眼神变得温柔起来。

"傻瓜。"她喃喃道。

元旦晚会当天，方云祈比约定时间到得早。

因为从小父亲的心愿就是让他成为警察，方云祈一路读的都是体校和警校，学校里女生少，印象里好像从未参加过文艺晚会。也或许是有的，但实在没什么印象。所以，对于高中生的文艺表演，他从心里居然生出一丝期待。

　　循着路标，他很顺利地找到了学校礼堂。学生们并没有对于成年人出现在校园而感到惊奇，大部分人都有着自己的小团体，大家浑然忘我地聊着天、打闹着、互相追逐，是少年时期应有的天真模样。

　　方云祈走到礼堂后门，正准备进去，就看到了一个坐在不远处的熟悉身影。

　　她穿着米色大衣，长发柔顺地披在肩背上，身体前倾，一只手肘挂着膝盖，下巴仰着，手指百无聊赖地在脸颊上弹钢琴。

　　方云祈微微皱眉，那是沈晏瓷？

　　约莫是感受到了他的目光，沈晏瓷转过头，看到他，露出几分惊讶，随即便得体地笑了。

　　方云祈也微微扯了扯嘴角，正犹豫着要不要上前打个招呼，陶知遇就打来了电话。

　　"我们班主任想提前见见你，说是要把你介绍给我们学校领导。"陶知遇不紧不慢地说，"你快到了吗？我去校门口接你？"

　　方云祈轻声道："我已经在你们礼堂了，你告诉我办公室位置，我过去。"说完他朝仍然望着自己的沈晏瓷微一点头，便离开了。

　　成人间的寒暄永远大同小异，各自客套地做了一番自我介绍后，方云祈再度跟着校方领导一起走回礼堂。

这一次，因为身边多了校长、教导主任，方云祈变得备受瞩目。

陶知遇跟在最后面，他借着踏上阶梯的空当回头看了她一眼，她正垂着头，不知在思考什么，完全没有因为周遭频频投来的眼神而感到不适。

晚会八点钟正式开始。

陶知遇没有说谎，方云祈的座位被安排在了第一排的正中央，或许不见得是观赏舞台的最佳位置，但足以彰显身份的特殊性。

晚会进行到一半时，方云祈收到了沈晏瓷的短信：*真巧，又遇到了。*

方云祈望着这几个字，一时间不知道该回复什么。

陶知遇还不知道，她设计的那些衣服，最终成品都是由沈晏瓷所在的云裳制衣完成的。方云祈当时跟秘书强调了"最好"，因此在市里名气颇大的云裳成了首选。

在做方云祈那套西装时，因为他实在抽不开身过去测量尺寸，最终是由沈晏瓷的助理开着视频手把手教会了他独自测量，虽然沈晏瓷没有出镜，但她一直在现场指导，声音全被录了下来。

之后沈晏瓷又打过几次电话给他，沟通衣服的细节问题。所以，在还没见过她之前，方云祈先认识了她温柔缓和的声音。他猜测她应该是个美丽的女人，只是没想到……她美得毫无距离感，反而很容易亲近。

陈怡去世后,方云祈几乎从没认真看过别的女人的脸,他总害怕会在别人脸上看到陈怡的影子。

但沈晏瓷的一切都独特得刚刚好。与她对视的每个时刻,方云祈前所未有地放松。

担心她误解自己冷落她,方云祈低头,回复:是很巧。想了想,又补了几个字:你怎么会来?

上次在商场,我给陶知遇留了名片。她昨天打给我,说,作为我设计的那件漂亮衬衫的回报,邀请我看演出。

那件衬衫竟出自沈晏瓷之手?方云祈恍然:难怪陶知遇一定要把那些衬衫转赠给她们班的合唱团,原来是希望那些衬衫物尽其用。

合唱吗?下个节目就是合唱了。我们一起欣赏吧,方总。

轻缓的前奏结束,女孩们的身影在追光灯的圆心中渐渐明晰。

她们应该都没有经过专业的声乐训练,所以高音瑕疵不断,但是纯净的嗓音和特别的造型为整个表演加分不少。

不得不说,陶知遇的眼光很好。

那件被她选中的衬衫,在暖光灯的照耀下,轻淡的米和粉呈现出了非常温柔的色泽。

不喧宾夺主,也绝不会埋没于人海。

演唱结束,持续的掌声中,方云祈被校领导邀请到台上致辞。

尽管没有任何准备,他还是就这场中学生乏善可陈的表演给予了言辞真挚的赞赏。

陶知遇从后台回到观众席,她四处张望,远远看到沈晏瓷坐在后排冲她招手。

陶知遇走过去，坐到她身边的空座上。

沈晏瓷亲密地挽住她的胳膊，扬起嘴角道："托你的福，让我看到自己设计的衣服在舞台上散发光芒。"

陶知遇回过神，羞涩地笑了笑："我也很开心能借这个机会给你打电话。"

沈晏瓷微微挑眉看着她，突然小声问："你是不是喜欢服装设计？"

陶知遇不好意思地垂下头："被发现了啊。"

"很容易发现啊！"沈晏瓷颇玄乎地解释道，"你望向衣服的眼神，那种充满敬畏和欣赏的目光跟我少女时期一模一样。"

被偶像拿来与自己对比，陶知遇既喜出望外又觉得难以置信，她垂眸，小声反驳："怎么可能？我要是有那么厉害就好了。"

"只要你想。"沈晏瓷温柔地望着她，说，"你就可以。"

陶知遇沉浸于偶像给予的幸福鼓励，内心激动无比。

"不过……"沈晏瓷歪着头，诧异地问，"我很好奇，你和方云祈怎么会认识？别误会，我没别的意思，只是觉得就你们的身份而言，好像完全不存在交集。"

陶知遇扬了扬嘴角："这说来话长。不过……"她看了看舞台上的方云祈，"简单来说，我们属于'互为债主'的关系。"

演出结束后，陶知遇送他们到校门口，沈晏瓷没有开车，方

云祈主动提出送她回家。

两个人各自绕到车子的两边,默契地拉开车门,同时坐进车里。

陶知遇的心里涌入几分微妙的情绪,不知为何,她觉得方云祈和沈晏瓷散发出的气场格外契合,明明刚刚认识,却能传达出一种难以言喻的亲密。

方云祈摇下驾驶座位旁的车窗,嘱咐她:"好好准备期末考试。"

陶知遇点头,又探身冲沈晏瓷摆了摆手:"再见!"

"感谢你今晚让我重回高中时代。"沈晏瓷倾身,伸长手臂握了握她的手指,"下次见。"

车子呼啸着驶去,陶知遇长舒了口气。不管她表面表现得多么镇定,内心其实也一直很担心自己的谎言会穿帮,还好方云祈完美给予了配合,让她导演的这部"戏"圆满落幕了。

而且,她得到了沈晏瓷的鼓励。说实话,她都没想到沈晏瓷真的会接受自己的邀请。

陶知遇在夜幕中展开自己的双手,沈晏瓷拿她跟自己比较,而且她的表情如此诚挚。

虽然沈晏瓷从没见过自己画的衣服速写图,她的肯定也显得十分站不住脚,但是,陶知遇仍然备受鼓舞。

她垂下头,轻轻笑了。

那是一种旁人很少能见到的笑容,包括已经算是与陶知遇关系比较亲密的宋城。

陶知遇是冷静,但不冷漠,实际上她笑点很低,很容易逗笑,可现在洋溢在她脸上的欢欣,却并非来自外界,那是一种发自内心的喜悦。

此刻站在路灯下,明朗得有些陌生的女孩,让从礼堂找过来的宋城不敢靠近。

总觉得陶知遇和方云祈共同守护着什么秘密。还有那个跟他们一起的漂亮女人,又是谁?方云祈的女朋友?

陶知遇和方云祈的交集越来越多,关系突飞猛进。这让宋城充满焦虑。

到底是为什么?宋城也曾很多次自问,在和陶知遇的相处过程中,明明他一直是掌握着主动权的那一方,到底从什么时候开始,他失去了这项权利?

现在他知道了,是再遇方云祈之后。

宋城暗下决心,一定要查出陶知遇和方云祈之间的秘密。关于陶知遇的事,他永远都应该是知道得最多的那个人。

毕竟,过去的五年里,他一直陪伴在陶知遇身边,方云祈完全缺席了那些时光。

他凭什么与自己争夺陶知遇的关注度呢?甚至在宋城看来,连陶知遇那个忙于工作的妈妈、离婚后极少往来的爸爸,都没资格与他争夺这项特权。

是的,他们都没有。

宋城肯定了自己在陶知遇世界中的特殊性,这种肯定让他混乱的思绪稍稍得到了安抚。他终于迈开步子追了上去。

"知遇。"他叫她。

陶知遇应声急切地迎上来,问:"你什么时候回来的?我正

要给你打电话。"

宋城耸耸肩:"九点半吧,阿姨不在家,我等了一会儿,看着她取走包裹才走的。"

陶知遇拜托他假扮快递员,给妈妈往小区门卫室送了一份匿名包裹,而后打电话联系她去取。

包裹里正是陶知遇设计的那些衣服。

"你想得还挺周到。"陶知遇微微扯起嘴角,边向前走边对他说,"我最近认识了一个超级厉害的人。"

"谁?"宋城的语调里出现了连他自己都没察觉到的烦躁。

一个方云祈还不够吗?

察觉到他的异样,陶知遇及时刹住了话题。

很多时候,她必须一定程度地委屈自己,来成全宋城其实有些病态的占有欲。

因为陶知遇知悉他不堪的童年,她同情他。所以,她不得不隐藏起刚刚的兴奋,故作轻描淡写:"其实也没什么,就是个服装设计师。"

一瞬间,宋城想到了刚刚那个气质优雅的女人。所以,是方云祈介绍给陶知遇的吗?比起只能陪陶知遇去商场偷拍衣饰的自己,他之于陶知遇的意义,显然更重大。

这……真令人沮丧。

见他表情依然不好看,陶知遇关切道:"这么冷的天,你为什么不穿羽绒服?"

宋城回过神,突然不好意思地挠了挠后脑勺:"之前叫你一块儿放学的时候,我无意间在你课桌上看到了一件很好看的大衣速写图，特意仿照着从网上买了一件差不多款式的。你没看出来吗？"

啊，难怪陶知遇觉得哪里有些眼熟，只不过宋城买的这件口袋大得夸张，还加入了铆钉元素，传达出浓浓的朋克风，一点儿都不符合他简单的气质。

"这件衣服不适合你。"陶知遇直言不讳地说，但在宋城露出失落的表情之前，她又补了一句，"等以后我给你设计一件。"

这是宋城知晓陶知遇在自学服装设计以来，她第一次主动提出要为他设计衣服，他惊喜不已地反问："真的？"

陶知遇给他一个安心的笑容："等你高考金榜题名的时候！"

"喂！"宋城瞬时抛开了刚刚的不愉快，伸手揉乱了她的头发。

陶知遇也笑了。父母离婚之后直到现在，这是她为数不多感到幸福的时刻。

只不过，幸福到来的同时，就应该开始做失去它的准备了。

因为常规来看，幸福总是很短暂。

影院的生意重新步上了正轨，加上周边项目的不断完善，以及投资方给予的宣传支持，顾客甚至超越了最开始经营的时期。

资金充裕了，方云祈招了更专业的技术人员，也开始为新建的周边小店匹配服务生。忙得焦头烂额，恨不能连打出一通电话

都得计算分秒。

　　因此,他用忙碌为借口,毫无心理负担地消化了那些没有接听的母亲的电话,以及所有不想参与的活动。所以,有些时刻,方云祈竟然会庆幸忙一点也挺好。

　　不过今天,他难得清闲下来。技术人员要求影院停止放映一天,对所有机器进行检修,员工们自然都跟着放了假。方云祈原想请大家吃顿饭、唱唱歌,也搞一次颇有仪式感的团建,谁知道却遭到了所有人的反对。

　　女孩子们想趁着这个极其难得的假期去逛街,选购春装,男人们则一致决定凑到新开的农家乐里,找老乡给做一桌家常菜,喝顿大的。

　　团建计划宣告失败,方云祈眼看着大家成群结队地弃他而去,最终只能无语地走向停车场,去面对那些不得不做的事。

　　已经是三月中旬了,远山的树木呈现出嫩嫩的青黄色,似乎是眨眼之间,春节就已过去了一个多月。

　　影院不同于别的企业,越是节假日越是忙碌,所以,他们只在除夕和大年初一放了两天假。方云祈不知道其他人是怎样的,但至少,他的确是因为一直处于工作状态,所以对农历新年的体会非常淡。

　　除夕夜,他因为忙着做开年的工作计划,连春节晚会都没时间看,更别提回家了,饺子是超市里买来的,亦没有家人团聚。虽说收到了不少新年祝福,但都延时到了第二天才看到。

　　基本都是员工发来的,大家说着差不多的祝福语,方云祈一条条看过去,在最后的未读消息里——零点整,收到了陶知遇发来的祝福：

　　方叔，春节愉快。因为你帮忙做出来的那些衣服，我猜我妈妈在公司答谢会上大放异彩。因此，寒假至今，她每天都兴致高昂，对我也不再吹毛求疵。所以，我要向方叔表示诚挚的谢意，以及，很高兴在过去的一年里，与你重遇。

　　方云祈将那条微信消息看了几遍，想象着她的语气，竟不自觉地微笑起来。能成为一个帮得上陶知遇忙的人，对他而言，会是一件挺有成就感的事。

　　毕竟，他接受过她的帮助。

　　方云祈不由自主地回想起上次元旦晚会结束后，沈晏瓷告诉他的那件事。

　　她是个行事妥帖的女人，大约是担心打扰他工作，她只发短信，并且一再表示，他什么时候看到什么时候回复就好。

　　她已经猜到秘书拿给云裳制衣的设计图出自陶知遇之手，她在短信里夸赞她过人的天赋，并复述了陶知遇对他们关系的评价。

　　互为债主的关系？方云祈一开始弄不懂这个答案所代表的含义，但思考良久后，又觉得陶知遇分析得非常精准。

　　自初识到现在，他们互相亏欠、互相弥补，因为对方的努力，那些掩藏在时光里的创口似乎开始一点点愈合。

　　与比自己小十五岁的女生产生这样的感情联系，方云祈从心里觉得不好意思。但这是事实，只不过，这种事实很难向别人表述。

　　所以，他没有与沈晏瓷继续讨论这个话题，她也贴心地再未

第五章　丰满羽翼，为梦想

提起。

　　春节过后，他们还通过几次电话，渐渐开始向彼此倾倒自己的过去，当有一天，方云祈顺其自然地谈起自己做交警的经历时，心中忽然警铃大作。

　　他似乎对沈晏瓷过于信任了，这种信任的源头通向何种感情？已经三十岁的方云祈不可能不知道。

　　可他没办法越过爱情的界线。自从陈怡死后，他就失去了这项能力。

　　自此，方云祈再没有回复过沈晏瓷的短信。她没有逼问原因，也没再试着打电话给他。他们体面地退出彼此的世界，以成年人的姿态，心照不宣地疏远了对方。

　　但有时候，方云祈总会想起沈晏瓷坐在学校礼堂里的侧影，尤其是当他看到挂在衣橱中那件由她和陶知遇共同完成的西装的时候。

　　不知道这些天里，她有没有想起过自己。

　　方云祈按下车钥匙，上车。边打开手机调出导航路线，边苦笑着摇头，他在期待什么？她不会想起自己才最好。

　　方云祈踩下油门，目的地是百公里以外的村子——陈怡的老家。

　　课间，陶知遇聚精会神地浏览着妈妈最近所发的朋友圈。

　　她数了数，共三十条。

　　超过了与爸爸离婚五年里的总和。

这其中有些是和同事的街拍，也有漂亮的风景、咖啡、点心，以及她办公桌上持续更新的插花。

不仅如此，妈妈开始每天利用午休时间去附近的书店看书。陶知遇看到她分享的最新书单，包含个人气质的修养、自律管理、杂文和流行小说。

因为妈妈需要忙事业，她需要忙学业，即便共处时间不多，陶知遇仍能通过各个方面清晰地捕捉到妈妈的变化。

她为妈妈设计的那几件衣服，像一把钥匙，为妈妈打开了通往另一个世界的门。她领略到那里的美丽，终于决定从阴霾的过去脱身。

而陶知遇心中那份因齐阿姨而产生的愧疚也开始消散了。现在，服装设计对于陶知遇而言，成了一件更为纯粹庄严的事情。

再有人问起她的梦想，或许她不必遮遮掩掩，可以毫不犹豫地给出答案了。

更令人欣喜的是，不久前，陶知遇在微信中与沈晏瓷讨论有关服装设计的话题，沈晏瓷慷慨地向她分享了自己的见地：一个人的衣饰不仅仅可以增添魅力，甚至可以传达出这个人的整个生活状态。

所以，每每接到顾客的单子，开始画图设计时，我都会花一些时间先去了解这个人，以免自己会错意，做出与顾客完全不匹配的衣服。

这一点与陶知遇的想法不谋而合。

所以，她鼓足勇气将一些自己画下的服装速写图拍照发给沈晏瓷，又详细地陈述了这件衣服是为怎样身份、怎样身材的人所

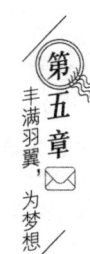

第五章 丰满羽翼，为梦想

设计。

沈晏瓷看后给了她非常专业的调整意见,末了又道:"知遇,我毫不怀疑你会成功,因为你对衣服的感知力太强了。"

陶知遇收藏了这条语音,时不时拿出来反复听,用来激励自己。

上课铃声敲响,一个字条同时落在陶知遇的课桌上。她回过神,捡起来,展开。宋城的字迹映入眼帘:**放学出去吃饭,有事儿跟你说。**

陶知遇没有回字条,而是转身冲后排的宋城点了点头。

而在跟着宋城走去饭馆的一路上,陶知遇都在心里猜测着,到底出了什么事,一定要跑到距学校那么远的寿司店。

宋城按照陶知遇的口味点了餐,而后把菜单交给服务员,这才终于正视她,开了口:"我周末见到方云祈了。"

"哦。"陶知遇并没觉得这有什么特别,"在哪儿见到的?"

"你记得我跟你说过的,我奶奶居住的那个很偏远的村子吗?"宋城眨了眨眼睛,道,"就在那里,他去看望一对孤寡老人。"

陶知遇不自觉地皱眉:她不喜欢宋城此刻故意卖关子的讲述方式,于是直截了当地问:"你到底想说什么?"

宋城盯紧陶知遇的眼睛,反问:"你知道方云祈为什么做交警时,每次执勤都非得严查每一辆车吗?"

"为什么?"

宋城凑近陶知遇:"因为他曾经……"他压低了声音,"失职害死过一个名叫陈怡的女司机。"

陶知遇下意识地否定："这不可能。"

宋城后撤身子，倚在椅背上，嘴角现出讥讽的笑意："知遇，别自己骗自己，没有什么是不可能的。"

陶知遇是这一刻，才感受到了几分奇怪。她微微眯起眼睛，审视着面前的宋城。她知道自己没看错，他在幸灾乐祸。

因为发觉了方云祈不为人知的黑暗秘密，他感到非常开心。可是这样的他，与网络上那些还没有了解清楚事实，就开始诽谤诋毁，誓要将别人踩到脚底的人有什么分别？

陶知遇不希望看到这样的他，她不忍看。"宋城，这只是你的猜测，具体是什么情况我们还不知道呢！"

"你不信我？"宋城收起嘴角，眼神变得锐利起来，"我会证明给你看的。"他起身，正色道，"陶知遇，你记住，所有大人都自私自利。值得你信任的人，只有我。"

陶知遇定定地望着他，突然开始自责，是不是自己过于纵容宋城了，所以助长了他原本就非常过分的控制欲？但她不能指责他，在这个节骨眼儿上对他提出质疑，只会让他失控。

"你冷静一点，我相信你不会无中生有。"陶知遇努力克制自己，缓和语气道，"详细说说，到底是怎么回事？"

凌晨三点，方云祈猛地惊醒。

他起身，大口喘息着，脑海中的可怕画面挥之不去。

已经很久没有做过这个梦了，还以为随着时间的流逝，记忆

渐渐淡忘了。

实际上,并没有。

异常清晰的一幕幕卷土重来,在漆黑的深夜,在方云祈面前铺展开来。

许多人都告诉他,陈怡的死只是偶然。但方云祈从未跟别人提起过有关那个夜晚的事。

他不敢说,似乎说出来就成了板上钉钉的事实。

方云祈从床边柜上摸到烟盒,掏出一支烟,点燃。烟雾缭绕中,他又看到了……那场雪,那辆扎进沟渠完全变形的汽车和压在车身底下的……陈怡。

她脸上其实没什么伤,看起来像是睡着了一般安宁,但她的身体……

方云祈在看到她的第一眼时,就知道救不活了。

那时,他刚做交警不久。毕业后,方云祈再没见过身为前女友的陈怡,但身边的朋友,总是热衷于向他传达她的最新动向。

她嫁给了那个愿意为她花钱的男人,尽管他大她十几岁;她买了价值不菲的车,为了图吉利,特意花钱置办了尾号为三个六的车牌号;她先生在市里为她盘了一家咖啡店,她过上了真正的小资生活……

方云祈曾无数次地设想,如果自己不知道这些就好了。那样他就不会在那个查酒驾的夜晚,因为知道开车的人是陈怡,而故意没有阻拦。

他的自尊心作祟,他不想面对因为别的男人而变得光鲜亮丽的前女友。

他担心她问起他的现状,问他有没有女朋友,甚至在他回答"没有"之后,她会露出的微妙目光。

他更不想被告知,她的选择有多正确,她现在多幸福。

总之,那辆车牌尾号为三个六的汽车逐渐靠近的过程中,方云祈考量了很多,最终决定垂下头,无视。

他还以为自己思虑周到,避免了不愉快的发生。但没想到,执勤结束后,他又困又累地返程,在经过高速路口时,看到陈怡开的那辆车撞断护栏冲进了沟渠。

方云祈惊慌失措地停车,刚刚在室外冻僵的身体像是被注入了火球,烧得发烫,他跳进沟里,弥漫周遭的酒气令他血脉偾张。

陈怡喝了很多酒,死于醉驾。

谁也不能称方云祈是罪魁祸首,他根本不知道她喝了酒,明明她从前滴酒不沾。

但是,他始终无法迈过这个心坎——他觉得都是自己狭隘的嫉妒之心酿成了这起事故。

所以,方云祈排斥做警察的最大原因,并不是叛逆,也不是父亲的强制,而是他觉得自己担不起别人的信任,没资格被敬仰。

事故之后,方云祈才知道,陈怡早就离了婚,那个男人接到外资企业高管抛来的橄榄枝,迫不及待地抛下她出了国。

什么咖啡店,什么小资生活,不过是陈怡不想被人看不起而伪造出来的假象罢了。

因此,方云祈瞒着所有人,默默承担了照顾陈怡父母的责

任,即便是最落魄的那几年,仍然不时地来送钱、送吃的。

老人们并不知道方云祈是谁,他对他们自称做慈善的,在新闻上听说了他们的困难处境,所以自愿给予资助。

只不过,每次老人们表达诚挚谢意时,他都觉得受之有愧。

掐灭烟头,方云祈望着窗外拂晓的天色,伸手使劲搓了搓脸。春天了,又到了陈怡最喜欢的季节,两个人恋爱时,他从没给她买过一件衣服。

方云祈走到书架前,自放在最上面的收纳盒里翻出一部旧手机,充电后,从相册中找出了陈怡的照片。

那时她才刚读大二,笑容纯真。

方云祈用自己的手机拍下照片,微信传给陶知遇。他附言:

知遇,能不能为她设计几件衬衫?

陶知遇在公交车上睡着了,直到手机铃声把她叫醒。

打电话来的人是爸爸,问询陶知遇的生活近况,她迷迷糊糊地答着,抬头下意识地望向窗外的公交车站牌,已经过了好几站地了。

她急忙起身下了车,对于面前有些陌生的街景产生了几分茫然。

"知遇?"爸爸在听筒的另一端叫她的名字,"我跟你说的话,你听到了吗?"

"听到了。"陶知遇边过马路,边心不在焉地答着。

"那你注意查收。"说完,爸爸又嘱咐她,"别让你妈妈知道。"

陶知遇的脚步顿了顿,她一直忙着寻找返程的公交车站,根本没有听到爸爸说什么。不过,想来不希望被妈妈知道的事情,一定都与齐阿姨有关。

她从不关心自己的爸爸和另一个女人的事情。

"好。"陶知遇应了一声,挂断电话。

手机微信多了两条未读消息,宋城问她人在哪儿,怎么没来学校。陶知遇简单解释了下,随后登上了进站的公交车。

返程人少,她坐在后排的座位上,不知不觉又打起了盹儿。

最近几天没有睡好,受到沈晏瓷的鼓励,又接到了方云祈的拜托,陶知遇变得动力十足。

陶知遇不想辜负这份信任。特别是沈晏瓷和方云祈的信任。她花了很长时间盯着照片里的女孩思考,想象她是个怎样性格的人，她会喜欢什么风格的衣服，淑女的？休闲的？运动风？抑或是极简风？

她当然可以采取更简单的方式，比如直接向方云祈询问有关女孩的所有事。

但是，倘若他愿意告诉自己，大概在发送照片时就会主动提及了。

不过，即便方云祈什么也没说，陶知遇也已隐约明确了照片中女孩的身份。

她手腕上戴着手编的字母手链，位于中央的字母是：F&C。像极了陶知遇曾经在饰品店里见过的那种取男女生两个人姓氏首字母制作而成的情侣手链。

但她不可能是方云祈的现女友，因为她在照片中所穿的白色衬衫，上面的印花在多年前很流行。再加上背景建筑像是学校的图书馆，而且女孩看起来很年轻，十八九岁的样子。

所以，陶知遇猜测，女孩是方云祈大学时期的女朋友。

他让自己为她做衬衫，是为了追回曾经的感情吗？

还有一个地方让陶知遇很在意。假设F代表方云祈的姓氏，那C是程？或者陈？

陶知遇想到宋城曾告诉她的，那个因为方云祈失职出事故的女司机陈怡，这仅仅是巧合吗？

她怀着很多问号，比对着女孩的五官气质，画了许多张设计图。

陶知遇别扭地觉得，只有自己完美地设计出适合女孩的衬衫，才有资格向方云祈求证自己的猜测是否属实。

但是，这样的灵感透支其实是不健康的，她太用力了，导致每一张服饰图都充满目的性，它们拼命炫耀着自己的特别，于是便显得不够特别了。

为了不让自己陷入这样的怪圈，陶知遇不得不从藏得很好的衣柜顶层，翻出那些最初的速写本，去感受当年对设计服装最纯粹的热爱。

她熬了很多个通宵，但并不只是为了设计衣服而熬的，陶知遇很清楚，不管未来的自己想要变成什么模样，现在她的身份是一名高中生，肩负着高考的重任，她不能放任自己对文化课不管不顾。

想要飞得更高，就要不断丰满自己的羽翼。梦想和现实各占一边翅膀，失去哪一方都无法保持平衡。

她就这样似追赶转瞬即逝的晚霞一般，拼命地、奋勇地前进着。

因为坐过站，陶知遇晚了大半节的早自习才到校，走到教学楼门口的时候，宋城发来了微信，告诉她班主任还没来查岗，让她加快速度。

陶知遇猫着腰上楼，顺利从后门溜进了班里。

耳朵向来很尖的班长听到动静，警觉地回过头，坐在后排的宋城猛地起身，假装转身找东西，将陶知遇挡了个严严实实。

两个人相视笑了笑，陶知遇安全回到座位。

她垂下头，悄悄弯起嘴角。刚刚的一幕被陶知遇小心珍藏进记忆中。纵然她相较于同龄的女孩子更理性，更懂得把握分寸，但是，那种不好的预感越来越强烈，总觉得有一天，宋城会失控。

他们的友情会经历一场难以避免的浩劫。

为了不让两个人之间经营多年的情谊被粉碎，陶知遇开始有意收集那些她和宋城共处时的美好瞬间。

倘若他伤害了自己，做出什么可怕的事，她会调动出这些记忆，说服自己，原谅他。

因为，宋城从童年开始，就站上了悬崖边缘，如果没有人拉住他，他会跌入深渊。

那天傍晚，因为陶知遇及时表现出退让，宋城恢复冷静，坐下来仔细地说清楚了来龙去脉。

他去郊区乡下给奶奶上坟，无意间发现了方云祈的车。因为好奇，他便跟了过去。

方云祈停下车，拎着大包小包的食物、补品去了巷子尽头破败的房屋，宋城找了个隐蔽的转角，等了约莫二十分钟，他空着手回来，开车离开。

宋城的奶奶去世很多年了，他很少回村子。所以根本不知道住在那里的人是谁，为什么方云祈要给他们送那么丰厚的礼物。

他去隔壁打听了下，知道那是一对孤寡老人，他们的女儿多年前因为事故去世了。

宋城想起陶知遇的胳膊被安全气囊炸伤的那天，郑宇不小心透露的那件往事。

尽管他当时及时刹住了话题，但宋城还是听得很清楚——陈

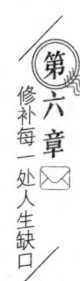

怡在方云祈执勤的路段因为醉驾出了事故……

所以，宋城故意询问了下老人的女儿的名字，得到了意料之中的答案。

"哇！"

一阵惊呼声打断了陶知遇的思绪，她抬起头，看到一个漂亮的女孩走进教室。

是班里的文艺委员，她今天穿了一件水蓝色风琴领的衬衫搭配米色百褶短裙，长发难得没有扎起来，柔顺地披在肩上。

陶知遇原本还有些不解，学校里什么时候允许女生不扎头发、不穿校服还公然化妆了？

这个疑惑在吃午饭时得到了解答。

"文艺委员要为学校拍宣传照。"宋城打开保鲜盒，把洗得干干净净的草莓推到陶知遇眼下，"吃吧，我昨天从家里偷的。"

宋城每个月会回家一次拿生活费。陶知遇喝粥的勺子停滞了一下，她故意没有去看宋城的眼神，伸手从保鲜盒里拿了两颗草莓一连塞进嘴里，咕哝着道："真甜。"

"当然啦！"宋城笑了，"那个女人对自己一向很舍得。"

艰难地咽下去之后，陶知遇终于还是忍不住问出了口："被她发现了会不会找你麻烦？"

"陶知遇，你开玩笑吧？"宋城没好气地瞪她，"你以为我还是小孩子吗？十岁之后，她可再也没敢动我一个手指头。"他端起粥碗，咕噜咕噜全喝光了，最后抹了抹嘴巴，说，"我早就长大了。"

陶知遇看着他，微笑着点头。

宋城是长大了，他比小学时高大了很多，因为喜欢运动，身形比同龄的少年更显魁梧，的确已经是很多成年人都会忌惮的少年了。

可是少年也有脆弱的孩童时期，这些年来，宋城踏着成长的脚印，看似远离了那些曾经遭受的伤害，但是，如果他鼓起勇气回头，就会发现，那些急于摆脱恐惧的迫切感其实就是伤痛过往幻化而成的影子，那些影子从未停止跟随他。

当然，如果他假装看不到那些影子，陶知遇也绝不会提醒他，她会捂上眼睛，陪他一起演戏。

吃过饭，他们一起回教室，途经篮球场时，看到看台下面的操场上围了不少人。

摄影师正在为文艺委员拍摄宣传照，篮球架作为很好的道具使用起来。

蓝天绿茵，蓝衣白裙。少女可人的笑容定格在初夏灿烂的阳光里，明媚耀眼。这就是大多数人青春里最美好的画面了吧？

等等……

陶知遇突然定在原地。

她萌生了灵感，为那个女孩设计的衬衫，既不需要华丽也不需要优雅，只要它能帮助穿它的人，在别人的记忆里留下永不磨灭的美好就足够了。

深夜，方云祈正在加班研究新出台的税收政策，手机响起微

信提示音。

他扭过头看了下,发消息的人是舅舅家的表姐。传了一张陌生女人的照片给他,问:**云祈,你看看她好不好看?**

还行吧。方云祈随便瞄了一眼,给予了简短的回复。他把思维继续集中在电脑屏幕上的表格上,片刻后,叹了口气,放弃了。

表姐的微信令他不得不停下工作,面对被他故意搁在"忙碌"背后的、久未联络的父母。

印象里,母亲多年前也问过他类似的话——你看好不好看?

十二三岁的时候吧,在母亲生日那天,提出了要去游乐园的要求。

那也是多年来,他们全家仅有的一次游乐园之行。尽兴地玩了很多种项目,离开前,母亲非要请路人在入口的牌匾下面帮他们拍全家福。父亲虽然一向讨厌这种腻腻歪歪的事情,但还是破天荒地应允了。

母亲戴上从园区小贩手中买来的幼稚米妮发箍,一手挽着丈夫的胳膊,一手揽着他的肩膀,笑得异常开心。

后来相片取出来,她拿到方云祈面前,指着自己头上的发箍问:"儿子,你看好不好看?"

正值叛逆期的方云祈皱起眉头,不屑道:"太幼稚了。"过于可爱的发箍与已经年过四十的母亲的确不搭。

母亲不满地转过身,自言自语地咕哝道:"我觉得好看。"

现在想起来,方云祈突然有些懊恼,明明是些无关紧要的谎言,他当时为什么非得用伤人的事实嘲笑母亲?

他拿起手机，从未接通话中找到家里的电话拨了出去。

虽然很晚了，但母亲从更年期开始就形成了晚睡的习惯。

电话很快被接起来。

"谁啊？"

"是我，云祈。"

母亲沉默了一会儿，又问："谁啊？"

方云祈微微皱眉，拿下手机确认了下自己没有打错电话号码，才又说："我是云祈。"

"云祈是谁？"母亲的声音里充满迷茫。

方云祈哭笑不得，他大概明白了，这是母亲对他不接电话的惩罚。"妈，我是您儿子。"他耐心解释道，"唯一的儿子，方云祈。"

"哦！"母亲笑了，"是你啊！打电话有事吗？"

"不是你老给我打电话吗？"方云祈忍不住抱怨，"我最近实在太忙了，抽空我会回家的，你没有重要的事就不要一直打来了，更何况，被我爸知道了，他又得冲你发脾气了。"

"是。"母亲唯唯诺诺地应和，"我每次只要一说他得老年痴呆了，就得遭一次骂。"

虽然已经从母亲口中听了无数次这个词，但方云祈仍旧无法将它与自己的父亲联系在一起："爸最近怎么样？病……"他想说病情，但不知道是不想面对还是怎样，没能说出来，最终含糊地绕了过去，"还稳定吗？"

"稳定什么啊！"母亲无奈地说，"他再不承认也没用，我看他现在已经糊涂得连我都快认不得了。"

方云祈思考了一会儿，终于还是心软了："行吧，我抽空回家一趟看看。"

结束通话之后，方云祈打算回床上睡觉，这才看到表姐又发来了消息：前几天姑姑给我打电话，让我帮你介绍对象。这是我同事的朋友，我也把你照片给人家看了，人家对你印象挺好的，等我约个时间，你俩见面聊聊吧。

方云祈有些无语。

被逼着学习，被逼着成为警察，现在又步入了被逼着结婚的阶段……他叹口气，郁闷地搓了搓额头。

他已经三十岁了，就不能让他自己为自己做主吗？更何况，他现在……根本不敢触碰爱情。

方云祈再一次无法自控地想到了沈晏瓷。

想到她温柔清秀的侧脸。如果不是横亘在记忆里的灰暗过往，方云祈觉得，他会抓住机会，哪怕看起来不自量力，也一定全力以赴地追求她。

但如今，他只能尽可能地躲避。

她看起来如此纯真美好，他实在不忍将她带进自己混乱扭曲的人生。所以，哪怕明知道沈晏瓷才是为陈怡设计衬衫的最佳选择，方云祈依然找了陶知遇。

他担心会被洞穿真相。

而且，曾经那个因为嫉妒而犯下过错的方云祈，他只敢展示给陶知遇。

虽然这种想法很奇怪，可方云祈一百个肯定，倘若这个世界上只有一个人肯相信：即便陈怡背叛了自己，即便他曾因此怒火中烧,甚至故意放走了她开的车,但他一点儿都不希望陈怡死……

这个人只可能是陶知遇。

陶知遇一进家门,就觉得气氛似乎有些不对劲。

妈妈冷着脸坐在沙发上,茶几上面摆着个快递盒子。陶知遇视力好,远远一瞥,就看清了上面的名字。

是齐阿姨。

难怪妈妈脸色那么难看。陶知遇卸下书包,在她对面坐下来,下巴往茶几上扬了扬,问:"她为什么给你寄快递?"

妈妈抱着双臂,好整以暇地望着她:"这正是我想问你的。"

"我怎么可能……"陶知遇的话没说完,她想起了前不久,爸爸在公交车上给她打的那通电话,他说齐阿姨在国外出差,看到一双非常漂亮的鞋子……后面的话陶知遇没有听清,现在联系起来,大概是齐阿姨回国后会给她寄鞋子,让她注意查收。哦,对了,爸爸还特意叮嘱她,别被妈妈知道。

结果,她完全忘了这回事。

妈妈常年加班,往日里,都是陶知遇从楼下的门户快递箱里取回快递。但是近来,她熬了太多通宵,整个人混混沌沌,忘了检查快递箱。

"打开看看。"

妈妈嫌恶的表情像是在面对什么恶臭的垃圾,连眼神都不愿

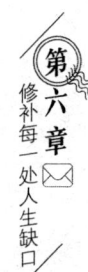

意触及。

陶知遇自知理亏,不想惹怒妈妈,她放下只吃了一半的橘子,起身听话地拆快递。

精美的包装纸,精美的礼盒,精美的鞋子。一看就价格高昂。

陶知遇不敢说话,妈妈继续面无表情地发布指令:"穿上试试。"

"不用了吧?"陶知遇抗拒地说,但妈妈用眼神向她表明了自己的坚决。

她无奈地坐下来,脱掉已经穿得很旧的帆布鞋,换上了那双崭新的板鞋。

"很好看是吧?"妈妈盯着她的脚,一字一顿地问,"陶知遇,你是不是跟你爸抱怨了?"

"抱怨什么?"

"我让你过得穷酸,我不能随便给你买几千块的运动鞋,没办法让你过养尊处优的大小姐生活,我连怎么装扮自己都不会。"她的眼眶红了,整个人忽然变得歇斯底里,"我前段时间收到过一个匿名包裹,里面有很多衣服,我还以为是我的追求者……我被他们这么羞辱,你满意了?"

陶知遇愣愣地看着妈妈,她知道妈妈误会了。

"不是的,妈妈。"陶知遇试着解释,但她不知道从哪里开始说起。

这其中牵扯了太多人,太多事,时隔久远,哪里才是适当的话头?怎么说才能容易让妈妈接受?在她手足无措时,妈妈夺门而去。

陶知遇本想追出去，但她发现妈妈没带钥匙。楼下传来汽车行驶的声音，她从窗口探出头，看着妈妈的车自小区路灯下闪过，忍不住微微叹了口气。

或许让妈妈冷静下也好。

陶知遇把快递袋丢进垃圾桶，决定留下鞋子。因为，如果退回去会显得妈妈太计较，小气。她不想让妈妈留下任何可能被爸爸和齐阿姨诟病的地方。

所以，她要把鞋子藏起来，跟那些一直藏得很好的速写本放在一起。

这时，陶知遇才发现，自己已经画了八个厚厚的速写本。根据时间标记，她翻开最早的那本，里面用稚嫩的线条勾勒出了记忆中齐阿姨所穿过的每件衣服。

翻到最后一页，陶知遇的眼眶里已经含满泪水。

她的脑海中浮现出了一个小女孩的形象，那是年幼的自己。

深夜的台灯下，她伏在书桌上，一笔一笔画出梦想的模样。这么多年里，她一边怀疑自己，一边努力追梦；一边享受美妙的成就感，一边因为齐阿姨而深深自责。

是的，陶知遇觉得非常抱歉。因为太抱歉了，所以她什么都不敢说，独自守着这个秘密，直到现在。

她总觉得还不到和盘托出的时候，她一直在等，期望自己有朝一日真的成功时，再向妈妈吐露心声。

但现在，陶知遇不得不把计划提前了。因为，她不想编造谎言欺骗妈妈，而且有人早就告诉她过：任何纠结不决的时刻，不

如真诚地说实话。

陶知遇抹掉眼泪,返回客厅,担心只靠声音无法传达自己真实的情绪,因此,她决定录一条视频发给妈妈。

在离陶知遇家不远的体育场上,停着陶妈妈的那辆白色小车。

此刻,陶妈妈看着那条时长六分钟的视频,不自觉地泪流满面。

她知道自己不是个值得崇敬的妈妈,她在女儿十岁时,就为了保全自己,而不顾良知地诬陷了那个叫方云祈的交警。

她让女儿见识到的好像永远是崩溃、脆弱和卑劣。

或许正因如此,女儿才憋了那么久都不敢道出真相。

视频里,她一边向她展示那些衣服速写本,一边哭着道歉。她说了很多对不起,并一再强调,自己真的没有站到爸爸的第三者那边,她只是喜欢那些衣服,她无法自控。

陶妈妈看着哭泣的女儿,心中涌进无尽酸涩。

因为陶知遇长得酷似前夫,自离婚后,她便很少仔细看她了。都不知道,她是什么时候长这么大了?已经完全褪去孩童时期的稚嫩,变成了五官清秀的少女。

这几年里,她没有再为她过过生日,几乎将所有精力都给了工作,用努力赚钱的理由,理所当然地忽视了女儿的成长过程。

这样的自己,有什么资格接受女儿的道歉?

她明明那么不够格,可是女儿在视频的最后说:"妈妈,那些衣服是我为你设计的,找方云祈帮我做出来,又让我同学假扮快递员送给你的,跟齐阿姨和爸爸没有半点儿关系。我已经满十六岁了,我不再是看着你被爸爸伤害而束手无策的小女孩了。我向你承诺,从现在起,我会保护你,帮助你变得更美、更快乐,没有人敢嘲笑你,我不会允许任何人嘲笑你。"

陶知遇顿了顿,吸吸鼻涕,露出了真挚羞涩的笑容:"我爱你,妈妈。"

转出租住的小区时,方云祈就感觉到有人在身后跟踪他。他从街边橱窗的玻璃上隐隐看到了一个瘦长的影子,是那种属于少年的身影。

方云祈大概已经猜到那人是谁了,索性在拐角处停住脚步,等他走过来。

宋城没料到自己那么快就会被发现,转弯撞上方云祈时,吓了一跳。

他个子不矮,面对方云祈时几乎可以平视,但成年人散发出的镇定自若让他不自觉地想要垂下头去。

"跟着我做什么?"方云祈的语调里并没有责备,他只是感到惊讶。

"没什么。"宋城梗着脖子,把目光落到别处。

"是陶知遇的事儿?"

宋城有些排斥地回过头,盯着他的眼睛里有了几分敌意:"你为什么总是纠缠她?你想从她身上得到什么?"

"我不明白你的意思。"方云祈挪了挪脚步,已经入夏了,阳光刺眼,这个角度,他有点看不清宋城的表情。

"你是不是……有什么问题？"少年扯起一边嘴角，"我去商场核实过了，我已经知道合唱团的那些裙子到底是怎么来的了，你以为自己有几个臭钱就了不起吗？"

原来是为这个。

方云祈呼出一口气："我好像没什么义务跟你解释这些。我还有事先走了，你也赶紧回学校上课。"

方云祈向前走了几步，听到宋城突然莫名其妙地笑了起来。那笑声太怪异，让他忍不住驻足。

男生站在一片阴影中，头垂着，眼睛自下而上地望着他，目光充满怨恨："你们这些道貌岸然的伪君子，真令人恶心。"

"你说什么？"方云祈蹙紧眉头。

"因为不负责任才会让酒驾的人事故致死，不是吗？"宋城的声音突然阴沉起来，"反正你们总是这样，我永远都不会相信成年人。你们都狡猾得很。所以，我告诉你，方云祈，别打陶知遇的主意。我的存在就是为了保护她。为了她，我愿意拼命。"

宋城说完这段话就转身走了。

方云祈有些震惊。

不过也确实只有如宋城这个年龄的少年，才会无所顾忌地说出愿意用生命保护一个人的诺言。

因为，等他真正长大之后就会发现，人的一生中所遇到的需要付出生命去保护别人的概率其实很小，而大多数情况下，你不需要付出生命，并且，也很难保护某个人。

他不知道宋城误解了什么，抑或是了解了什么……方云祈微微扬眉，他刚刚说酒驾事故，难不成他知道了陈怡的事？

事情一旦张扬开，损失他的名誉是小，陈怡的父母该怎么办？

他们肯定不会再接受他的资助了，他们的生活会过得更艰辛。还有，自己的愧责也将永远无法填补。

所以，人哪有权利守护什么。

方云祈有点儿头大，他回头看了看宋城远去的背影，边打电话给郑宇边向前走。

"你到哪儿了？"

"拐个弯就到了，你在路口等我。"

"好。"

方云祈收起手机，整理了一下身上的衬衫。影院的农家乐项目和投资方在最初的规划设计上出现了分歧，他要去和对方负责人谈判。

生活就是边留下悬而未决的难题，边逼你奔赴另外的难题，宋城还小，他不会懂。

是的，他不会懂。

在宋城十几年的生命中，唯一可信任的就只有陶知遇。倘若有人想把她从自己的世界中抢走，他不会允许。

他已经不是毫无还手之力的小孩子了。

在被继母锁到阳台上，忍受饥饿寒冷的那些年里，他如此渴望着温暖和食物。

但没有人会相信，那个看上去温柔体贴的女人会在爸爸外派的几年里频繁地虐待他。

因为她从没有在他身上留下伤口。她只让他冷，让他饿，让

他感冒，让他精神不振。

　　同学们笑话他体质弱，父亲嫌弃他抵抗力差，在继母伪善地扯住爸爸的衣袖，并声称"别说了，我会想办法给城城补补"的时候，宋城的喉咙总会发出恶心的干呕声。

　　那些从没有倾听过他的需要和无助的成年人，他不信任。

　　他绝不会让那些人伤害陶知遇，哪怕她现在还不懂自己的用心良苦。

　　但没关系，他会想办法让她洞悉真相的。

　　关于方云祈的真面目，总有一天，她会知道的。

　　陶知遇也不知道自己那天的视频是不是起了作用，因为妈妈虽然没有再提及那晚发生的事，但也没有对她表现出友好。

　　实际上，一切如常。

　　妈妈依旧忙碌，陶知遇需要应付功课，还要抽时间继续方云祈交付她的那些衬衫设计。

　　她花费了很多心力，遇到实在把握不了的地方，也曾动过找沈晏瓷帮忙完善的念头，但都以放弃告终。毕竟，如果方云祈想找沈晏瓷帮忙，他一开始就那么做了。

　　大概是向妈妈倾倒所有使得陶知遇的状态变好了。即便只得孤军奋战，但她好像越来越得心应手，对修改无数次后逐渐接近尾声的设计图也十分满意。

　　本想先拿给方云祈看看，可每次发微信，他都在外应酬。说是有人要加盟知遇森林影院，在城市的另一个方向开设分店。

一旦踏入生意场，就宛若置身海洋，离岸边越来越远，陶知遇有时候也会想，方云祈对当下自己的状态是否满意。

不如下次见面直接问问他好了。

她把这个问题记在了备忘录里，与此同时，陶知遇发现备忘录里还有很多……问题。

种类五花八门，思维非常具有跳跃性。这些问题，陶知遇其实也可以上网搜索一个答案，但不知道从什么时候起，她把方云祈当成了自己的答案。

甚至，陶知遇觉得，她和方云祈应该是互为"答案"的关系。

尽管两个人有着十五岁的年龄差，对事物的认知力也横跨了漫长的时光。但就是这样遥远的距离，反而让他们将对方看得更为清晰、真切。

一开始，陶知遇的道歉信，是给方云祈所受的不公平待遇的答案。方云祈的影院，则给了陶知遇愧疚成长的答案。

后来，方云祈毫不犹豫地答应帮陶知遇做出那些衣服，铺平她的梦想道路，渐渐解除伴随她和妈妈多年的桎梏。

现在，她决定用这些衬衫设计图，去探知方云祈的内心，即便那个女孩真的是因方云祈失职而遇难的陈怡，陶知遇也愿意相信，一定事出有因，方云祈一定有苦衷。

她必须帮他。

这种奇妙的感情关系，说出去都不会有人相信吧？

陶知遇托着脸颊，失神地望着手机屏幕，直到肩膀被人轻轻拍了一下。

抬起头,陶知遇看到了俯身过来的宋城。他小声道:"我不过是找本书的工夫,你就发起呆来了?"

陶知遇把食指放到唇边,提醒他这是图书馆,小声点。

宋城把她想找的那本"婚纱类服装设计"书递过去,自然而然地背起陶知遇的书包,招呼她一起离开。

她为那个女生设计了三款衬衫,目前只剩最后一件的精细调整,陶知遇想加入一些特别的元素在里面。学校图书馆的各类工具书都很齐全,堪称一座知识宝库。

"晚上还上自习呢!"陶知遇拽住仍在往外走的宋城,"还出去干吗?"

宋城脚步没停,只回过头,笑嘻嘻地说:"去买冰淇淋吃。"

他们去了那家全是原创服饰店的商场,在刚进门的超大显示屏前,陶知遇一把拽住宋城,有些难为情地问:"我在这里等你行不行?"

曾经被抓的事给陶知遇留下了阴影,她不想经过那家店,尽管店主也不见得会认出自己,但她还是想从根源上避免这种可能性。

还好,宋城没有坚持,他独自向前走去。

陶知遇其实有些不爽,明明学校门口的便利店就有卖甜筒的,不懂他为什么非得要坐公交车来这里。

特别是,当宋城拎着一大袋各式各样的冰淇淋回来时,陶知遇更加疑惑了:"你干吗买这么多?我们哪里吃得完?"

宋城望着她,反问:"你不是喜欢这样吗?"

陶知遇察觉到宋城语气里的嘲讽，微微扬眉："我喜欢什么？"

"拿着别人送你的东西去换好人缘。"宋城终于卸下了伪装的无所谓，他的表情因为受伤而显得扭曲了，"我现在没钱，只能给你这些。但是，陶知遇你放心，总有一天，我也可以送你几十件衬衫，你想要什么我都可以给你。"

陶知遇恍然大悟。

原来宋城知道了那些衬衫的真实来由。所以，他其实从未放下对方云祈的芥蒂。

但就算他不信任方云祈，也不该这么侮辱自己……

故意带她来这里，故意以这样的方式给她嘲讽……宋城变得越来越让她感到陌生。

陶知遇简直要被气笑了，她感到无可奈何："宋城，你跟我有什么话不能直说吗？何必拐弯抹角呢？"

7

被赶出来了。

方云祈看着滚落在身边的一地水果，愣了半响。

他呼出一口气，分拣地上摔坏的和完好的补品糕点，好的都码好放在门口，坏的拎出去扔在了巷子口的垃圾桶。

上车后，方云祈没有急着离开，他坐在驾驶座上，望着方向盘静静思考。

老人们似乎明白了陈怡出事当天，他刚好是当值的交警。的确，他是当时唯一可以阻止事故发生的人，遗憾的是，他没有。

人的一生中存在着很多误差，谁也不知道哪一个会产生怎样的影响。

所以，是宋城说出去的？

方云祈无奈地捏了捏鼻梁，算了，谁说出去的都不重要，毕竟，这是事实。他掏出手机，正要打给郑宇，约他喝酒，有人敲了敲车窗。

方云祈转过头，看到了宋城。这也没什么意外的，如果他能跟到自己租住的小区，跟到这里当然也不奇怪。

方云祈摇下车窗，宋城的表情异常严肃，他指了指副驾驶座，问："我可以进去说吗？"

天气阴沉，宋城整个人好似包覆在阴影之中："是我说的。"

方云祈瞥了他一眼，他说得异常坦荡，仿佛自己做了一件多么了不起的事。"深挖一个人的过去能为自己带来什么？"他忍不住叹气，"拒绝被资助，对陈怡父母可算不上什么好处。"

"那又怎样？"宋城的声音突然变得狠厉，"你以为你送点吃的，送些钱，别人就能原谅你吗？更何况，你根本没那么伟大，你做这些只是为了安抚自己的愧疚而已，说什么资助……"

"你不是我。"方云祈提醒他，"别妄自揣测。"

"难道我说的不对吗？"

方云祈点燃一根烟，把脸面向窗外，空气闷热，他抬头看了看灰暗的天空，吐出烟雾，反问："你回不回市里？我可以把你捎回去。"

"你还没有回答我的问题。"宋城沉着脸提醒道，他讨厌方云祈身上那种从容，总能让他感受到自己与他的年龄差，让自己看起来幼稚暴躁。

"你让我回答什么？"方云祈回视他一眼，又转开目光，"我不想浪费时间向一个不信任我的人解释。"

"是的，你说对了，我不信任你。我不仅不信任你，除了陶知遇，世界上的所有人都不配拥有我的信任。"说到这里，宋城无法自控地沮丧起来。他耷拉着脑袋，充满怨气，"要不是你又出现了，我们之间也不会出现裂痕。"

"宋城。"方云祈试图开解他，"没有人是可以被控制的。不管你们关系多么亲密，你都得明白，陶知遇之于你，首先是一个独立的个体，是她自己，其次才是你的朋友。没有尊重的感情是没办法维系的。所以，造成你们现状的原因，根本不是我。究竟是谁，你自己再好好想想。"

空中传来一声闷雷，雨淅淅沥沥地落了下来。方云祈关上车窗，车子里变得异常安静，宋城突然冷笑一声："我一点儿也不指望你能理解我。我从很小的时候就知道，大人们把道理说得那么好听，不过是为了证明自己是对的，满足自尊心而已。"他直视着方云祈，提高了声调，"是你害死了那个叫陈怡的女司机，不管你用什么理由辩解，结果都不可能改变。而我……"

他拍拍自己的胸膛："就算我想法激进偏执，但是我绝不会让自己成为那种，后果发生之后，再说那些没用的'对不起'的人。"

宋城下车，站在门口，俯视着方云祈："如果你不主动远离陶知遇，我就只能想方设法让她远离你。我也可以告诉你，除了

陶知遇，我不在乎任何人，我什么都做得出来。"

说完他转身踏进雨中。方云祈透过后视镜，看到宋城走了几步，停下来，奋力将路中央的一块石头踢开。

那是方云祈拐弯的必经之路。

说什么不在乎任何人……方云祈望着他的背影，忍不住猜想：这家伙究竟经历过什么？才会对这个世界如此不信任，对身边的成年人充满厌恶？

深夜，陶知遇完成最后一幅设计图。

将速写本收好，她身心放松地躺到床上发微信给方云祈，约他见面。

等他回复时，陶知遇不经意地点进了微信运动。

她百无聊赖地滑动着手机屏幕，忽然发现，周末两天里，宋城和方云祈的每日步数都很相近。

陶知遇觉得有些不可思议，便又往前翻了翻。奇怪的是，周一到周五，两个人的步数统计相差甚远，但到了上一个周末，又变成了几乎相同的数据。

他们的身份天差地别，社交范围自然也不一样，连续出现这种巧合的可能性微乎其微，除非……宋城跟踪方云祈。

可是，他们两个人住的地方明明相差很远。正思索着，陶知遇忽然想到了什么——

如果想要跟踪方云祈，宋城需要先坐公交车到方云祈租住的小区，在车上的路程不会计入步数统计，因此，她的假设是成立的。

回忆起此前宋城说因为迷恋推理小说周末要宅在家的借口，陶知遇突然觉得很可笑。亏得她还全信了他。

她的预感最终还是成真了。原本她和宋城之间就因为方云祈出现了罅隙，结果又被宋城洞穿了那些衬衫的真实由来。他对她不再信任了，所以，他脱缰了。

陶知遇拧眉思考着，同时心中涌入了深深的懊恼。

倘若她克制住自己，没有拍摄那件衬衫就好了。但陶知遇反过来又想，如果那样的话，她大概永远都没有机会认识自己的偶像了。

你看，你永远都不能抱怨生活残酷，毕竟，在拿走一件东西之前，它总会塞给你一些别的。不管你是否想要交换。

陶知遇烦躁地敲了敲自己的额头，又抬眼看向手机，方云祈没有回复消息。

确切地说，一直到第二天早上，他都没有回复。

怎么想都觉得有点儿不正常。到校时离上课还有些时间，陶知遇去教学楼后面的操场给方云祈打了个电话。接通之后，她却突然忘了应该说些什么。

最终，还是他先开了口："陶知遇？"

"嗯。"她盯着白色帆布鞋上的一个污点，轻轻答应。

"有事？"

"我昨晚发了消息给你，你没回。"

"哦。"方云祈的声音里透出几许疲惫，"我昨晚喝多了。你怎么没上课？"

"还不到时间。"陶知遇想了想,又说,"你傍晚有空来学校吗?我把设计图给你。"

"有时间。"方云祈不自觉地长舒了一口气,"我今天正好没去影院,认真上课,晚上见吧。"

陶知遇挂断电话才想起自己好像忘记说约在哪里了,目前宋城这么敏感,她不想激恼他。课间,陶知遇用手机搜索了附近的一些饭店,随手记在了课本扉页上,对比之后,最终选了一家西餐厅。

菜品昂贵的地方,学生们一般都不会去。

她把地址用微信发送给方云祈。

下午一放学,陶知遇就离开了教室。她避免跟宋城有任何眼神交流,在自己还什么都没搞清楚之前,她也没办法给他任何有用的答案。

等过今天就好了,陶知遇捏紧手中的文件袋。

因为走得很快,她比约定时间到得早。选了最角落的位置,紧张地朝四周张望时,陶知遇对自己有点儿无语。

当初,方云祈第一次来学校时,她勇敢地穿过放学的人群,在众目睽睽之下上了他的车。如今的现状犹如一个精妙的反讽——别假装潇洒了,陶知遇,你也并不是完全不在意任何人的看法。

比如宋城,他是她的软肋,是她做很多事之前的优先考虑因素。

方云祈准时到达,仔细算起来,两个人有蛮久没见面了,但他们对彼此没什么生疏感。

时间从不是衡量感情亲疏的标准,共同经历才是。而方云祈和陶知遇之间,最不缺少的就是事件。

陶知遇把那个文件袋放到桌面上,用手指推过去,她看着方云祈,正色道:"方叔,我有个条件。"

方云祈微微扯起嘴角:"你想知道她是谁?"

陶知遇点头,她不想再隐瞒:"我知道了陈怡的事情,也知道宋城在跟踪你。我不想听传闻中的真相,我需要你亲口告诉我,我才能帮你好好转达给那些误解你的人。"她耸耸肩,露出几分不常见到的得意扬扬,"你知道,我擅长这个。"

陶知遇用了"传闻"和"误解"两个词,方云祈的胸中突然涌入一阵暖意。

他现在隐约明白,为什么宋城会近乎病态地依赖陶知遇了,因为她足够坚定。

不管是怎样混乱的境况,不管有多少乱七八糟的言论,她都能准确地从中分辨出自己需要坚持的原则,而后,全心全意地贯彻它。

陶知遇拥有方云祈所见过的最干净的内心,几年前他这么想,如今,他仍然这么认为。

所以,他对她没什么需要设防的,相反,他或许仍像那段迷茫的创业期一般,需要她真诚善良的指引。

"是陈怡。"方云祈垂下头,终于揭开了掩在皮肉下面的伤疤,多年来,它始终鲜血淋漓,不肯愈合,"照片里的女孩就是死去的陈怡,她是我大学时期的女朋友……"

十分钟后,一阵喧嚷打断了方云祈的娓娓讲述,宋城出现在

第六章 修补每一处人生缺口

餐厅门口，他怒气冲冲地朝他们走过来，抓起陶知遇的手腕，用力向外扯拽她。

"宋城。"方云祈站起来，出手制止。

"滚开！"宋城使劲抽出手臂，目露凶光。

陶知遇抓住他的手腕，压低声音，安抚他，"宋城，你别这样。"

少年回过头，表情中显现出浓浓的悲愤："你为什么总要见他？陶知遇，别逼我绑住你。"

方云祈站在屋檐下抽烟。

雨下得很大,溅起的水花打湿了他的裤脚,他很庆幸,自己刚刚在分店开业会场换下了陶知遇为他设计的那套衣服。

他视那套西装为"战袍",所以打算好好珍藏。

要不是想要立刻知道郑宇调查出来的结果,他就不会那么着急地赶到交警支队来了。

会场上喝了庆贺酒,他没敢开车,从出租车上下来,感觉自己像是突然暴露到了空气中,有点儿不安。

这里熟人太多,他自认为已经练就了应付各种人的能力,但一想到往日的同事,还是会产生几分无措。

一阵脚步声传来,他微微探头张望,还好郑宇没让他等太久。

方云祈熄灭烟头,钻进郑宇的伞中,两个人并肩走到另一条巷子里的酒馆,落座后,郑宇把一张纸推到他面前。

"什么东西?"方云祈边拆边问。

郑宇烦躁地挠了挠后脑勺:"你自己看看吧。"

方云祈在桌上铺平,才发现是一份询问笔录,记录日期是七年前了,宋城八九岁的时候,打电话到警局指控被继母虐待。警察上门登记,因为没有证据又看不到孩子身上有任何伤口,只得请街坊邻居配合调查,并在电话里跟宋城的爸爸进行了核实,大家众口一词,表示宋城的继母为人温和贤淑,不可能做出这种事,最终不了了之。

"这什么意思?"方云祈抬起头,皱着眉头问郑宇。

跟宋城接触了几次后,总觉得他十分奇怪,特别是上次,他当着自己的面说要绑住陶知遇……方云祈担心出什么意外,便托郑宇查了查他的过去。

"我去公安局查一个酒驾司机的前科的时候意外发现的。"郑宇叹口气,"原本只查到他七岁的时候,妈妈病逝了,后来他爸给他找了个继母,可能是工作需要吧,他爸常年在外地,那女人虐待他。"

方云祈的目光重新落到那份笔录上,有一件事他始终没想明白:"既然是虐待,为什么孩子身上没有伤口?"

郑宇用手指敲了敲笔录右下角的一行字:"这里有写。那女人也太恶毒了,让孩子挨饿受冻,当然看不到伤口。大概是担心掩饰不过去,还特意编出了一套厌食症的由头。实在是可恨至极!"

竟然有这种事!

宋城乖戾的表情闪过他的脑海,方云祈莫名有点儿心痛。每个人都像一棵树,时光让树木繁茂起来,但藏在其中的伤痕无人知晓。

"这案子警局现在还能不能受理?"方云祈抬起头问郑宇。

郑宇若有所思地摇摇头:"有点儿难,你想啊,这都过去多久了,再加上宋城现在也长大了,那女人肯定早就不敢这么对他了。行政处罚讲究证据,现在没证据,根本无从下手。"

方云祈思考了下,说:"不能走法律,我们就私了吧。"

"哎!我说。"郑宇扯住他,"你现在正是事业上升期,不要自找麻烦好不好?"

方云祈盯着他看了几秒钟，两手一摊，身子靠回椅背上："好啊，那你来解决。"

"跟我有什么关系？"郑宇不满地瞪他，"就算我是你哥们儿，你也不能什么浑水都拉我一起蹚啊。"

"这孩子七年前就报警了，咱们不能因为中间出了什么岔子，就当作一切都没发生过吧？你没有跟他深接触，真的，郑宇，你都不知道宋城因为这件事变成了什么模样。"方云祈顿了顿，又说，"咱们都是从警校毕业的，助人为乐的美德不知道学了多少遍，就算能力范围有限，不是什么忙都帮得上，但也别寒了那家伙的心，你说呢？"

"你……"郑宇伸出一根手指，对着方云祈的脸隔空点了半天，咬牙切齿道，"你真行！那你说吧，你想让我怎么办？"

方云祈眯起眼睛："我待会儿要去相亲，你等着我通知你吧。"表姐三番五次打电话帮他牵线，他实在没办法，只好答应了下来。

"相亲？"郑宇的眼睛蓦地瞪得老大。自从陈怡去世后，方云祈就再没交过女朋友，他一度怀疑他是不是永远不可能走出那段阴霾过往了。没想到……郑宇上下打量着他，大笑起来，"大哥，你就穿成这副德行去相亲吗？还有，我从刚才就想问了，你眼睛怎么肿了？"

"哦，被蚊子咬了。"方云祈不咸不淡地说，"反正不过是应付一下，穿什么都无所谓。"看了看时间，他起身，"我得走了，宋城那边，你先打听出具体住址来，再和我联系。"

方云祈赶到相亲约见的咖啡厅时，迟了十分钟。

虽然是抱着敷衍的心态,但他知道迟到不是君子所为,还是诚意十足地向对方道了歉。

那是个思想传统的女生,据说是在读研究生。方云祈能看出她对自己的迟到行为心有不快,但还是勉强表现出了善解人意。

两个人有一搭没一搭地聊着,其实根本没什么共同话题。为了保持礼貌,方云祈只能不停地开口问问题。

但是,女生给他的答案他一句都没能记住。

漫长的半小时过去,咖啡见了底儿,他觉得自己已经竭尽所能地表现出了该有的风度,于是主动提出:"你需要我送你回去吗?外面还在下雨。"

女生愣了一下,明晰了方云祈的态度,脸上堆积的笑容消失了,她的表情冷了下来:"不用了,我自己开车回去。"

她起身,朝他微微颔首:"那,再见。"

"再见。"方云祈也站起来,目送对方离开。

他呼出一口气,靠到沙发上等了几分钟,才准备结账离开。

来到吧台,他发现自己没带钱包,又翻了翻,手机也没有。方云祈认真回想,应该是落在了换下的那套衣服里。刚刚过来时,是郑宇直接用手机帮他叫的车,线上支付了车费,他才没有尽早察知。

啊!这下麻烦了。

"先生?"吧台收银小姐礼貌地唤他。

方云祈回过神,指了指一旁的座机:"我可以打个电话吗?"

收银小姐狐疑地扫了一眼他的脸,随即点了点头。

第七章 与我的大叔相逢在永远

方云祈拿起听筒，想了半天，脑海里居然只有陶知遇的手机号码。

他没有刻意记过任何人的号码，之所以能记住陶知遇的，是因为她没有主动给过自己手机号码，那串数字，是方云祈从她的微信个人资料里拷贝过去的，多看了几次，竟记住了。

没办法了。他硬着头皮拨过去，电话还未接通，就有人轻轻拍了拍他的肩膀。

方云祈回过头，看到了熟人。

"呃……沈小姐。"他难掩内心的惊喜，继而又在心里懊恼今天的不佳形象。反观沈晏瓷……

她穿着米色衬衫、薰衣草色半裙，头发长长了，似是重新烫过，微卷的发梢为她平添了几分柔媚。

"好久不见，方先生？"沈晏瓷微笑着伸出右手。

方云祈挂断电话，握住她柔软娇小的手掌。他扬起嘴角，道："好久不见。"

陶知遇根本还没来得及说话，电话就被挂断了。

陌生的座机号码，或许是打错了，她想。感受到身后的目光，陶知遇微微侧了侧头，瞥到宋城的身影。

总有种被监视的感觉。

她垂头，打开桌板，寻找昨天老师发下来的期末模拟试卷，但是有个东西引起了陶知遇的注意。

她曾经在课本扉页上写过几个饭馆的名字。现在，那些字仍然在，可是旁边多了很多折痕。

　　一本书的扉页，如果不是刻意用手抓皱，基本不会出现这种情况。她自己当然不会做这种事，所以……有人翻过她的东西。

　　陶知遇没有任何证据，但她直觉是宋城。上次他找到西餐厅，陶知遇还以为是他跟踪了自己，现在想来，应该是他翻看了她的课本，按照上面的饭馆名字挨个找了过去，所以才到得那么晚。

　　因为那天宋城反应过激，陶知遇只好乖乖跟着他回了学校，即便已经从方云祈那里了解了事情的全部，但她仍然什么也没说。

　　她怕被宋城误会，自己是在帮方云祈辩解。

　　陶知遇本想给他一点时间，让他逐渐冷静下来，但现在看起来，或许这么多年来，她和宋城之间平静的友情表象下，早已隐藏着暗涌。

　　究竟是自己在用假装的妥协来引导他可怕的控制欲，还是自己其实早已被他控制？陶知遇越想越迷茫，越想越自我怀疑。

　　她开始不确定了，她不知道自己究竟有没有带领宋城走出伤痛的能力，是不是她高估了自己？

　　不能再等了，陶知遇想，如果自己一直欲言又止，一直顾左右而言他，一直担心触碰他的伤口，那宋城大概永远都无法直面过去。

　　因此，放学后，陶知遇特意邀宋城一起回家。

　　雨停了，空气潮湿清凉，灯火迷离，他们站在斑马线的另一端，等待绿灯亮起。

"期末考试准备得怎么样了？"宋城打破了两个人之间的沉默。

陶知遇拉了拉滑落的书包肩带，淡淡地应道："挺好的，应该可以考进前十名吧。"

宋城点头："你做的事情很少会超出自己的控制。"

"不，你就是我的例外。"陶知遇转头面向他，轻声问，"你翻了我的桌洞是吗？"

宋城也俯视着她，没有闪躲："是。"

"从什么时候开始？"

"你十岁那年开始。"

绿灯亮了，行人从他们身边匆匆经过，分秒计时器嘀嘀地发出紧张的提醒。陶知遇率先回过头，她垂下眼睛，语调平缓地骂道："宋城，你是个浑蛋。"

女孩的背影渐行渐远，柔顺的低马尾扫在背上，白球鞋踩进水洼里，带起的水渍溅湿了她的裤脚。

这个女孩子陪伴自己度过了六年的时光，是他生命中最重要的人，超越父母。

宋城忍受不了她给予自己背影，所以，他追了上去，在斑马线的另一端拽住她的胳膊。

"知遇。"他看到她冷冷的表情，突然感到慌张，"你听我解释。"

"好。"陶知遇湿漉漉的眼睛看着他，"我听，你解释吧！"

车辆自身后呼啸而过，风卷起阵阵雨滴，洒在宋城的后背、头发上,他看着陶知遇,突然感到词穷。

要说出自己害怕失去一个人,是多么羞耻的事。

况且,只要说出来,就证明一定会有失去她的可能。

宋城不想面对这个问题,所以,他语无伦次地说:"我只是想保护你。知遇,这世界比你想的险恶得多,大人们既狡猾又残忍,你不应该相信他们。"

"你的意思是,我不应该相信方云祈。"陶知遇替他把重点描述清楚。

宋城深吸了一口气,点头:"对,是这样,他是个伪君子,他害了别人,还自以为是地觉得,只要给人父母一些资助就能弥补,他多自大、多卑鄙啊!不仅如此,他还利用你的才华,我知道你帮他设计了很多衣服。为什么?陶知遇?你那么聪明,为什么甘心被他耍?"

陶知遇凝望着宋城探究的眼神,事实被他扭曲成这样,她觉得痛心:"宋城,好与不好是同时存在的。经受过不好,就全权否定整个世界的人,太幼稚了。"

顿了顿,她用更柔缓的声音说:"宋城,被伤害过的人,也并非就有权利去伤害别人。你总说你已经不是小孩子了,不会再任人摆布、被虐待和伤害了。但是你知道吗?你一直陷在过去里,自怨自艾。你根本没有勇敢走出童年的阳台,你把自己丢在了那里。这么多年过去,你不还是感到冷,还是会饿吗?你如果打算永远锁住那道门,没人可以救你。"她深深看了他一眼,"包括我。"

宋城的脸上显露出痛苦的神色,他松开了陶知遇的胳膊,问

她:"你什么意思?"

陶知遇静静地注视着他:"你要先学会保护自己,让你的伤口痊愈,变得健康强壮,才有能力去保护别人。"陶知遇垂下头,轻轻叹息,"我和方云祈,以及我和其他任何人之间的事,我有自己的主张,如果我没有向你求助,我希望你别再插手了。"

陶知遇说完,转身走了。她知道自己现在丢下他很残忍,但她没有别的选择。她不能再隐瞒下去了,事实证明,她的包容只会让他跌入深渊。所以,她必须咬着牙揭穿宋城的阴暗,抨击他,让他崩溃。

只有崩溃,或许才能逼他审视自我。

雨重新下了起来,少年耷拉着脑袋,肩膀微微颤抖,站在人来人往的街道上,接受路人的注目礼。

方云祈坐在咖啡馆里,看了看腕表,还好,他赶早到了。他不想在还钱时还做迟到的那个人,那显得太没礼貌了。

约定时间刚到,咖啡馆的门就被推开了。

沈晏瓷穿着简单的白衬衫和牛仔裤走进来,长发没有任何修饰,简简单单地披在肩上,她张望了下,看到方云祈,便踩着高跟鞋,不紧不慢地朝他走去。

方云祈起身,沈晏瓷的温柔总是令他不由自主地更注重起礼貌了。

"我没有迟到吧?"

她个子娇小,和方云祈对视时,需要仰望,眼神中闪烁着莹莹的光,为整张面孔增添了几分少女的纯真。

方云祈不自在地微微清了清嗓子,招呼她落座:"没有没有,是我今天没什么事,就早出来了一会儿。"

"谢谢!"

在他为她拉开凳子时,沈晏瓷侧头致谢,方云祈闻到了一股淡雅的清香。他不懂香水,猜不透掺杂其中的香调都由什么构成,但非常好闻。

并且,令人印象深刻。

"你找的这家咖啡馆真不错。"沈晏瓷四处打量着,最后把目光锁定在方云祈脸上,"布置得很舒服,"她微微欠身,小声道,"而且,人少,安静。"

方云祈抿着嘴巴笑了笑,顺着话题问:"你喜欢安静?"

"当然。"沈晏瓷点头,"我只有安静下来才能够思考。"

方云祈挑挑眉:"你跟我见面,还需要认真思考吗?"

沈晏瓷掩住嘴巴,笑得眯起了眼睛:"你可是以'还钱'的理由约的我,我们都是商人,所以我想趁机敲诈你一笔。"

"这样啊……"方云祈沉思了几秒钟,严肃道,"我不是个很好的生意人,所以盈利不多,你要手下留情。"

"什么啊。"沈晏瓷摆摆手,"我开玩笑的。"

"这样啊。"方云祈佯装落寞地摇摇头,"可我本来真的想要给你一个敲诈我的机会的。"

沈晏瓷歪着头,笑看他:"是吗?那我可以重新考虑。"

方云祈抿了抿嘴唇,从公文包里掏出了一个文件袋,递了过去。

"这是什么?"沈晏瓷好奇地问。

"陶知遇设计的衣服。"

"哇!"沈晏瓷边看边发出感叹,"她对服装的领悟能力令人震惊。"

方云祈点点头,表示赞同:"陶知遇的确是个神奇的女孩,虽然表面上看起来有点冷漠,但其实内心感情深厚,并且,很少有人可以带偏她,她甚至还有能力把别人带上正轨。"

沈晏瓷吃惊地看着方云祈:"这还是你第一次一下子说这么多话。"

方云祈不好意思地摸了摸后颈:"对不起,我不善言辞。"

"你不用那么拘谨。"沈晏瓷看他一眼,垂下头漫不经心地说,"这没什么,而且我不是说了吗?我喜欢安静。"

纵然方云祈在感情上不够敏感,也听懂了这句话的隐意。而且,他肯主动邀约,她肯花费时间赴约,这本身已经是一种预示。但他没办法表露出应有的欣喜,反而一瞬间表情沉重起来。

沈晏瓷察觉出他的异样,从设计图中抬起头,问:"怎么了?我说错话了吗?"

"不是。"方云祈蹙眉,犹豫了几秒钟,终于还是说出了口,"我想向你坦白一件事。"

直觉这是一件非常严重的事,沈晏瓷放下设计图,坐正了身体。

难以启齿的秘密一旦开了头,再复述时,就变得简单多了。方云祈之所以萌生出这份向沈晏瓷坦白一切的勇气,有大部分原因仰赖于陶知遇画的那三张设计图。

她画的并不是普通的衬衫，而是加入了具有身份特色的元素。

学士服、正装和婚纱。

方云祈猜测，陶知遇应该是很早就已经察觉到照片里的女孩是陈怡了。她试图用这种方式还原陈怡人生中的几个重要时刻。

她还在最后一页上附了张便笺纸，上面只有一句话：许多结果的酿成，是一连串选择的总和，而并非其中一个。

方云祈被这句话震到了。

他第一次恍然发现，自己其实早就退出了陈怡的世界。她穿学士服的样子，她穿正装的样子，她穿婚纱的样子，他全都没有见过。

他甚至不知道她从什么时候开始喝酒了。

从她决定离开自己的那一刻起，她就选择退出他的世界，不是吗？

所以，她工作不顺利、她被丈夫抛弃，她离婚、她借酒消愁，都不是他造成的。

方云祈根据陶知遇的提示，脑海中浮现出一个卑劣的假设：那场事故的发生，责任并不仅仅在他，而是陈怡前面一连串选择相加的总和。

那晚，方云祈彻夜未眠。第二天一早，他去了陈怡的墓地。

那个有雾的清晨，他在她微笑的注视中，泪如雨下。

陈怡死后，方云祈经历过无数个煎熬又恐怖的噩梦，可那是他第一次恸哭。

自那天开始，方云祈觉得自己哪里好像变了。那片被陶知遇揭开的伤口,以飞快的速度愈合了。虽然留了永远不可能去掉的疤痕,但不那么痛了。

方云祈说完,久久没有得到回应,他不敢抬头看沈晏瓷,垂着眼睛问:"我是不是很卑鄙?"

片刻后,沈晏瓷柔软的手掌覆到了他的手背上,方云祈惊讶地抬起头,发现对面的女人,眼圈通红。

"不是你的错。"她用独有的温柔语调说,"你又不是故意的。而且,我知道你的很多事,我对你早就有了自己的判断。"

"不是你的错,你又不是故意的"——这句话有很多人对方云祈说过了,但是不知道为什么,只有沈晏瓷说出来才像是真正为他找到了被原谅的出口。

方云祈反手握住她的手,笨拙地问:"那……那我有没有资格……追求你?"

沈晏瓷愣了一会儿,嘴角慢慢绽放出了笑容:"你不需要追求了。"

接到方云祈打来的电话时,陶知遇刚刚迈进校门。她拐到一边的花坛后面,接通。她以为他要聊昨天深夜发的那条微信消息,结果他说:"我有件事情需要你的帮忙。"

"什么事?"

"告诉我宋城家的住址。"

陶知遇微微一愣,她在思索应不应该说出实话。方云祈似乎猜透了她的想法,主动表示:"我已经知道宋城不和他父母一起住了，他学生档案上登记的地址是他个人的住所，但我想见见他的父母。"

"做什么？"

"一些私事。"

难道方云祈想让宋城的家长介入管教他？这绝对不行。陶知遇替他辩解："方叔，宋城跟踪你的确不对，但我已经狠狠说过他了，他最近也在反思。而且，他因为小时候的一些经历，非常敏感。你不要怪他。"

方云祈突然舒了一口气："你知道那件事？"

他原本不想跟陶知遇谈及虐童这种沉重的话题，却没想到，她已经全部知晓了。没再做隐瞒，他把自己和郑宇调查到的真相，以及接下来打算执行的计划，简略地告诉了陶知遇。

思考了一会儿，她斩钉截铁地阻止他们："如果你们抱着感化宋城继母的心态，那我希望你们不要去。"

"不。"方云祈的语调异常严肃，"我只是觉得，宋城的继母应该为自己的行为付出代价，这份悔改已经晚了那么久，不应该再晚更久了。"

陶知遇想了想，边往教室的方向走，边说："那周六你来我家接我吧，我带你们去宋城家。"

挂断电话，陶知遇看到妈妈发来的七条微信消息，全是连衣裙的图片。

妈妈最近喜欢上了网购，自从知道此前那几套衣服是女儿亲自设计的之后，她总是时不时找陶知遇帮忙选择哪一款更好看。

陶知遇仔细观察着那些裙子，清新的颜色，轻薄的雪纺，别致的花纹，像是在向看到的人宣告，它的主人恋爱了。

衣服从不会说谎，它比人更诚实。

陶知遇洞察了一切，但仍装作什么都不知道，没有开口询问。对于妈妈和另一个陌生男人交好，她不可能毫无芥蒂地赞同，当然，也没任何权利反对。反正十八岁以后，她将要独自面对人生。

妈妈需要有个伴儿，她幸福就好。

陶知遇审视对比过后，在对话框里打字：中间那条不规则形状的裙摆，最特别、最好看，你买那条吧。

你这么一说，我也觉得。

陶知遇笑了笑，刚想收起手机，妈妈又追了一条消息过来：知遇，你帮我问问方云祈哪天有空，我想当面跟他道个歉。

陶知遇虽然对于妈妈的态度转变非常开心，但她仔细思考过后，还是说：你们成年人之间就不用这么刻意了吧？我怕你们会尴尬。而且，我早就替你道过歉了，妈妈。

谁知，妈妈的态度异常坚决：还是要的。如果不亲自把这句抱歉说出口，总觉得自己很差劲，好像再也没资格去拥抱美好的生活了。

老师走进了教室，陶知遇没再回复那条消息，而是截屏了自己和妈妈的聊天记录，转发给了方云祈。

她不知道会得到怎样的回复，陶知遇虽然自诩聪明，但她觉得，自己仍然猜不透大人的想法。

比如，把那些设计图拿给方云祈之后，他就再没有提起过那件事。陶知遇一度以为，自己多加的那张便笺纸使他觉得被一个小孩子指手画脚伤自尊了。

谁知，昨天深夜，方云祈突然发了微信给她，说：知遇，很抱歉，思考良久后，你设计的那几件衬衫我决定不做出来了。害你白费了工夫，我真的非常愧疚。但是，我想告诉你的是，我决定以这些衣服为节点，抛开有关陈怡的过往了。你的坚定再一次给了我引领，谢谢。

陶知遇是早上起来才看到的消息，她没有回复，因为，自从和宋城的关系陷入僵局之后，她就再也不敢不自量力了。

陶知遇回过头，看了看垂着脑袋郁郁寡欢的宋城……

说什么引领，她真的拥有那种能力吗？

陶知遇故意选择周六和方云祈一起去找宋城的父母，是因为，那天刚好是宋城回家拿生活费的日子。

她想要借此让宋城明晰，有很多人愿意散发无尽的光芒温暖他、照亮他、治愈他。

但陶知遇对结果充满不自信。她不知道，自己还能不能重新获得宋城的信任。

放学后，看到微信图标上有新消息提示，应该是方云祈的回复，陶知遇犹豫了好一会儿才点开。他说：告诉你妈妈，根本不需要道歉，因为，我从收到她女儿的那封信开始，就已经把这次相遇当成人生的意外惊喜了。

陶知遇咬紧嘴唇，眼眶热了。

周六傍晚，方云祈和郑宇如约在陶知遇所住的小区门口接到

了她,一同前往宋城家。

陶知遇坐在副驾驶座位上指路,方云祈换到了后座,他一边处理手机上持续发来的工作信息,一边趁着间隙抬头打量陶知遇的侧影。

他对她的很多印象都基于座椅与她的相互对比。

最初相遇时,她只占座椅的四分之一,再后来,是二分之一,直到此刻,他发现她已经有了接近成年人的体态。

她十六岁了,并没有再长高,只是圆润了些,几乎可以占满大半个座位了。这个被他看着长大的小女孩,也不再是小女孩了啊。

难怪母亲会催促表姐帮他寻觅相亲对象,并开始着急他的婚事。而且,上次见面的女生,竟然给出了"方云祈看起来太老了"的评价。搞得方云祈现在和沈晏瓷约会,都开始格外在意外表了。

"你们说,我是不是老了?"

方云祈问出这句话时,前面的郑宇和陶知遇一起愣住了。他们同时回头看了看他,然后又默契地忽略了他的问题。

啧……方云祈咂咂嘴,的确,要想知道这个答案,前面两个人是最不应该选择的询问对象,因为,对比陶知遇而言,他岂止是老,应该算是非常老了。

而郑宇,他和自己同龄。承认他老,就等于承认自己老,他才不会上钩。

方云祈不得不泄气地闭上了嘴巴。

"到了。"郑宇把车停在一处巷口,下巴朝里扬了扬,"应该就是尽头的那栋楼。"

方云祈放下手机，自旁边的纸袋里掏出一套警服，因为保存得好，看起来还很新。他把陶知遇和郑宇赶下车，在狭窄的空间里换衣服。

宋城刚刚走出拐角，又立刻退了回去。

他探出半颗脑袋，远远张望，确定了站在一辆警车旁边的人是郑宇和陶知遇。

并不是因为他视力好，而是郑宇身上的警服和警车上的车灯太显眼了。小时候的经历，使得宋城对警察没什么好感。

他们来这里干什么？宋城正满脸不悦地思考着，就见方云祈从车上走了下来。

他也穿着警服。可他明明已经不是警察了。宋城疑惑地猫着腰，跟随三个人一起往自己家的方向走。

如果不是每个月的今天需要回家领生活费，他一辈子都不会再踏进家门。为了少回家，宋城也曾去做兼职，但后来他发现，那太得不偿失了，而且，凭什么呢？

凭什么那个女人逼他叫自己妈妈，却可以不尽妈妈的抚养义务呢？

想通了这一点之后，宋城总是逼迫自己按时回家取生活费，那个令他感到不适的阳台，他不去看它就好了，反正拿了钱就走，绝不停留片刻。

原以为，这也不过是与从前的每个月没什么差别的、注定令人不愉快的一天，但显然，陶知遇他们的闯入，势必要留下什么不同了。

宋城有些忐忑,但更多的是期待,他不知道,他们要找自己的继母做什么。

当然,他很快就知道了。

随着"哐哐哐"的砸门声,一个女人的面孔自门后显现出来。

"你们找谁?"女人应该是南方人,声音里有江南水乡的软糯,气质也温柔和气,陶知遇很难想象,这样面相的女人竟会虐待一个孩子长达两年。

不过她又想,或许也正是因为她的样貌,才蒙骗了周围的所有人。

陶知遇垂下眼睛微微叹息,她感受到了宋城的绝望和无助。

方云祈用余光瞥了她一眼,明白了她的情绪来由,他对着郑宇使了个眼色。

"警察。"郑宇掏出警员证,用威严的声音道,"你被举报虐童,我们来做相关调查。"

女人愣了一下,楚楚可怜地说:"怎么又来……我们家孩子现在都十五六岁了,个子比我高一大截,说我虐童,你们这不是血口喷人吗?"

"我们有说你是虐待自己的孩子了吗?"方云祈接过话,他蹙紧眉头,目光严厉地望着女人已经透出恐惧的面孔,"而且,你连自己的孩子多大了都不知道?"

"我……"女人吞吞吐吐地回答,"我是我儿子的继母,记不清楚他的生日也没什么吧!我儿子也不跟我们住在一起的。"

"哦。"郑宇从口袋里掏出之前那份笔录递了上去,"这份笔录，你熟悉吧？我想，你做了什么你自己清楚，不要以为不在孩子身上留下伤口，就没有人看到他的痛苦。虽然我们现在也没办法再让你为曾经的恶毒付出代价，但是，我需要提醒你，我们已经知道了一切，会在以后的日子里对你进行特别监视。"

女人听到"监视"两个字，不自觉地瞪大了双眼。方云祈有些痛心，倘若当年，有一个人看穿这个女人的谎言，不被她善良柔弱的外形蒙蔽，就可以及时让宋城得到法律的保护，逃出魔掌。

但是，偏偏就有了这样的误差。

"你不用弥补什么。"方云祈终于领会了此前陶知遇对他的嘱托。

在执行这项计划之前，她严肃地告诉方云祈，不要让那个女人悔改，她的悔改只会感动自己，让她的愧疚消失，对宋城的伤口起不到任何作用。

就让宋城恨她，我们为他撑腰。

"我们会支持宋城恨你，哪怕等你年老时，得到相应的报复。"陶知遇抢白道。这句话必须由她来说，方云祈和郑宇是成年人，他们不应该有这样险恶的心境。可她不同，她未成年，胆大包天，童言无忌。所以，陶知遇微微笑了，那笑容令人脊背发凉，"我们也会包庇他，这就是你的未来。"

说完，他们就离开了。

躲在楼梯拐角的宋城早就先一步下楼，藏进了楼梯下面的阴影里。

陶知遇最后一个步出单元楼大门，她用很小的声音道："宋

第七章 与我的大叔相逢在永远

城,再也没有人能伤害你了。"

宋城听到了,他蜷缩在晚霞照不到的昏暗角落,呜咽着哭出了声。

咖啡早已喝光,窗外明媚的阳光渐渐被灿烂的晚霞替代,方云祈望着沈晏瓷被染红的脸颊,不自觉地失了神。

这是他们确定关系之后的第一次约会。

沈晏瓷二十九岁,不是害羞胆怯的小女生了,她迎着他的目光,深深地看过去。在行人的视角里,这样的画面所传达出的情感已经足够明晰。

他们一起吃过晚饭,在霓虹闪耀的长街道别,方云祈送沈晏瓷上了出租车,她摇下车窗,微笑着对他说:"上次是还钱,这次是发现了好吃的饭馆,那下次,打算以什么理由见面?"

方云祈用舌尖顶了顶一边脸颊,顿时变得有些不好意思,但他还是把心里徘徊的答案说出了口:"以想见你的理由吧。"

出租车扬长而去,他站在路灯下,回顾今日,仍然感到不真实。

美好得不真实。

这种飘飘忽忽的,犹如醉酒的感觉一直持续到深夜郑宇打来的那通电话——

"你说什么?"他睡眼惺忪地说,"我听不清。"

"伯母绑架了一个小女孩!"郑宇一字一顿地强调,"我现在正往警局赶呢,你抓紧过来。"

方云祈到达警局的时候，浑身汗流浃背。

打开车门，冷风一吹，惹得他不禁打了个寒战。这才想起，因为心里太着急，他开车时忘开车窗，也没有开空调。

抹了把汗，他跑进吵嚷的警察办案大厅里，就看到郑宇和两名民警正在安抚被绑架小女孩的父母，三四岁的小女孩抓着妈妈的裤脚，躲在身后，满脸恐惧地望着身前推搡的大人。

母亲神色惊慌地瑟缩在门口的文件柜旁，父亲正像训斥孩子一般严厉地吆喝着。

"妈。"方云祈走过去，揽住母亲的肩膀，他这才发现，母亲的头发已经全白了，缩在他的肩膀下面，像一只无家可归的小鸟。

"你来干什么？"父亲瞪他一眼，脸色很难看。

不想产生更多无谓的争吵，方云祈没有回话，边护着母亲，边走向郑宇，和气地对那位情绪激动的年轻妈妈说："您好，不好意思，让您受惊吓了，这是我母亲，请问到底发生了什么事？"

事情的来龙去脉很简单，三言两语就可以解释清楚——

小女孩从幼儿园放学时，家长因为堵车晚到了一会儿，趁老师不注意，独自跑到一家玩具店闲逛，出来时天全黑了，小女孩吓得站在路边哭，被从超市买菜回来的母亲遇到，便把她带走了。

"这……"方云祈忍不住替母亲讲话，"这构不成绑架吧？我母亲只是……"

"这怎么就不是绑架了？"小女孩的妈妈顿时喊叫起来，

"她逼着我孩子叫她妈妈,要不是被好心的路人发现,觉得不对劲报了警,我到哪儿去找我的孩子?"

说着,她瞥了母亲一眼,恶狠狠地说:"都多大年纪了,老糊涂了吧!"

"我没糊涂!"一直默不作声的母亲,突然梗着脖子,道,"这就是我的囡囡!"她挣脱方云祈,力气一下子变得很大,伸手使劲去拽躲在女人身旁的小女孩:"乖囡囡,走,跟妈妈回家了。"

小女孩吓得大哭起来,她的妈妈一时气不过,使劲推了方母一把,老人家应声跌倒。方云祈和郑宇赶紧过去扶她,明明受了伤,她还是挣扎着要扑向小女孩。

乱作一团时,一声咆哮传来。方云祈回头,看到父亲突然蹲在地上,悲伤地长叹,然后朝着自己的脸狠狠打了一巴掌。

"是我有罪。"他用每个人都能听清的声音说。

期末考试结束了,一段时间的紧张学习之后,大家迎来了漫长的暑假,兴奋得交头接耳声越来越大,似是要把站在讲台上宣读假期作业的班主任的声音全部覆盖。

"静一静!"班主任狠狠拍了两下讲桌,"没听说过乐极生悲吗?考试成绩还没下来呢,你们就敢这么撒欢了?都考得很好是吗?"

许多人都心虚地噤了声。但陶知遇在心里默默回答了两个字:很好。

试卷上的每道题，她都答得不错，对于班级排名，她已经胸有成竹。不管多么喜欢服装设计，陶知遇对于学习从来不会投机取巧。

　　连学生都没有做好，又有什么资格去拥有别的身份？

　　这个观点，她也曾分享给宋城，但，同学几年来，他显然从来没有好好贯彻，这次，应该也不例外吧。

　　陶知遇想着，微微侧头，目光落到最后一排。

　　他正垂着头，笔在纸上写写画画。自从上次他们在斑马线上的对话之后，两个人再没有过什么交流。

　　不过陶知遇知道，陈腐在宋城心中的、那个不断恶化的往日伤口，在一定程度上得到了控制。

　　虽然那天他一直没有露面，但陶知遇确定，宋城一定看到了始末。

　　能不能靠此一举治愈他的伤痛，陶知遇也不敢断言，但她能肯定，宋城绝对受到了触动。

　　她已经给足了他时间冷静思考、与过去告别，不可能再疏远他更久了。不然，那家伙一定又会误以为，自己是要丢弃他了。

　　他太低估自己在陶知遇心中的地位了。

　　她是多么谨慎的人，绝对不会轻易请人走进自己的心里，同理，也绝不会轻易放走那些已经住进心房的人。

　　哪怕他劣迹斑斑。

　　陶知遇暗暗扬起唇角，话说回来，这世上又有哪个人没有劣迹呢？

　　她已经决定，在班会结束后，找宋城好好谈谈，但还没等她

张口,宋城趁班主任板书暑假作业时,悄悄从后门离开了教室。

他预感到了,在放假之前,陶知遇一定会主动找他。但是……宋城觉得自己已经没有资格面对她了,他也再不敢奢望成为她的朋友了。

他根本不是个健全的人。

他也因此一度认为,陶知遇是自己的同类,甚至,为了将她留在身边,他做过非常可怕的事。

即便如此,他也从未反省过自己。直到上次,他在楼下,听到她用一贯平淡的语调对着那个女人说:"我们支持宋城记恨你。"

没有人对他说过这句话。

长大后的宋城,也曾在和父亲单独出门时,开诚布公地讲述过因为曾经遭受虐待留下的痛苦阴影,他放下自尊,哭得满脸泪痕,希望得到父亲的搭救,希望他将那个女人扫地出门。

结果,父亲拍拍他的肩膀,告诉他:都过去了。你也长大了,会越来越强壮,不可能再受到她的伤害,你应该学着原谅。

在得到宋城斩钉截铁的拒绝之后,父亲花钱为他在外面租了房子,将他与继母隔离开来。

搬完家的那天晚上,父亲带着继母来看他,宋城始终没有开门。

他听到他在门外气急败坏地说:"我都花钱让你一个人住了,你还有什么不满的?"

自此,宋城接受了,他放弃为自己申诉,因为他知道,所有伤痕都只能永生掩埋在心底了,没有人会站在他的角度,设身处地地感受他的痛苦。

他们只会振振有词地逼他原谅。

除了陶知遇。甚至,她还拉上了方云祈和郑宇。

每每想起那一幕,宋城都心如刀绞。陶知遇根本不知道……他都对她做了些什么。

"宋城。"

身后传来陶知遇气喘吁吁的呼喊,宋城愣了一下,而后像老鼠一般抱头狂奔。

方云祈从家里出来时,已经是深夜了。

他走出单元楼门,往停车场的方向去,不经意地回头间,看到了站在窗前的父亲。

天气阴沉得厉害,四周的房间又全都黑着灯,所以,那个身在光亮处的影子意外显眼。他停住脚步,又往回走了几步,高声问他:"还有事?"

"没有了。"父亲顿了一下,又说,"开车注意安全。"

这句话,方云祈从未自父亲口中听到过,他怔愣了片刻,点头应道:"好。"

和父亲之间的关系有所缓和,是件好事,但方云祈依然不希望这个结果是通过母亲患病得来的。

他和父亲都没想到,自始至终患上老年痴呆症的人,其实是母亲。那些被她藏进衣柜抽屉里的诊断证明上,明确写着她的名字。

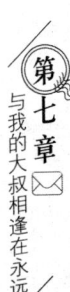

所以，她的健忘，她的莫名其妙，她的惶恐，她一遍遍打给方云祈的电话，都是有原因的。

已经不记得自己名字的母亲，除了心中关于儿子和丈夫的矛盾放不下之外，还有一个放不下的人。

这也是上次绑架案的闹剧结束后，方云祈才知道的，父母隐瞒了他三十多年的秘密。

他有过一个从未谋面的姐姐，三岁上幼儿园时，母亲临时有事，让父亲去幼儿园接她放学，父亲下班时被厂子里的领导叫走，赶到幼儿园时，孩子就不见了。

当时一起失踪的还有一个同龄的小男孩。最后，男孩找到了，方云祈的姐姐始终下落不明。

这原本只是巧合，但方云祈的父亲偏执地认为，是因为男孩的父亲是警察，人脉广泛，才获得了这样的幸运。

为了走出悲伤，父母离开家乡，搬到了舅舅所在的城市。方云祈出生后，家人全都心照不宣地隐瞒了从前的往事。

任何秘密都是如此，哪怕藏得再谨慎，总还是会通过各种方式泄露出去。

因为，人是感情动物。

父母各自都有愧责，母亲一辈子不敢反驳父亲，因为觉得自己当时如果不是那么坚持要去做别的事，孩子就不可能丢。

父亲坚持要让方云祈成为警察，因为，他觉得，如果自己当年也是警察的话，女儿即使丢了或许也可以找到。

方云祈对姐姐完全陌生，知道真相后，也只是觉得解开了多年的秘密，并没有多么伤感。但父亲，忽然因为母亲的患病大受触动。

他似乎决定放弃了。

方云祈不知道他究竟放弃了什么,但他能明显感受到,他决定放弃了。

或许是执念吧,人不可能抓着遗憾的过去永生懊悔。因为时间从不同情任何人,它会推着你老去、衰弱、死亡。

父亲在古稀之年才突然反省过来,如果再不抓紧爱护眼前的人,他就再也没机会了。

方云祈坐在驾驶座上,眼圈发红,鼻头很酸。

这段时间他有空就会回家,看着时而清醒时而迷糊的母亲,看着她佝偻的腰身和满头银发,时常惊诧:母亲到底是什么时候老去的?

后来他发现,根本没什么可惊诧的,母亲腰扭伤得越来越频繁,变得越来越唠叨,有时候会抱怨总是头晕,这些都是警示,只是他忽略了。

方云祈用手捂住脸,第一次有了"父母离世"之后的假设,心中顿时充满惊恐。

因为,到那时,他就真的无家可归了。

吸吸鼻子,方云祈发动汽车驶离小区,距父母的家越来越远,但他心中笃定,父母离他前所未有地近了。

调整好情绪,路上,方云祈电话跟助理确定了工作的相关事宜,挂断的同时,一个陌生号码打了进来。

他接起来,听到了一个十分意外的声音——

"我是宋城。"他从窗前微微探身,看到陶知遇依然站在路

灯下，一副打定主意不走的倔强模样，"我有件事要拜托你。"

宋城不想联络方云祈，但是，除了他，没有人可以在深夜安全地将陶知遇送回家。

幸而，他没有多问就答应了。

挂断电话，宋城有些虚弱地靠到墙上，他早应该想到的，陶知遇有多倔强，她跟着他一路跑回了家，站在狭窄的巷子里，等他下楼。

是的，她都不屑于上来敲门，她就在下面等着。

这或许是唯一可以说出一切的机会了，但是宋城不敢。

外面传来淅淅沥沥的声音，一道闪电打进逼仄的房间，宋城一愣，转头看到，雷声中大雨顷刻间浇落下来。

"该死。"他咒骂一声，拿起雨伞，奔向门外。

下楼，他边撑伞边冲向陶知遇。

伞下的小小世界里，他再没有可以躲避的空间了。

"浑蛋。"陶知遇轻声骂他。

宋城耷拉着脑袋，半晌才嗫嚅出一句："对不起。"

"你以为我不知道吗？"

陶知遇的声音萦绕在四周，与倾盆大雨交织在一起，听起来十分不真实。宋城抬起头，看向她的眼睛。

面对她诚挚的目光，他的五官痛苦地皱成一团："我在网上看到过一则安全气囊失灵引爆的新闻，我……我……"

陶知遇平静地接过话去："你是故意触发它的。"

宋城点头，他哽咽了："对不起，知遇，我没想让你受太严重的伤，我知道那辆车是再组装的，气囊一定遭到了破坏，我只是，害怕你遇到方云祈之后，会因为之前心有愧疚就与他变得亲近，我害怕……害怕你抛弃我。"

"我知道。"陶知遇用手摆正他的脑袋，强迫宋城与自己对视，"所以我没有拆穿你，所以我早就原谅你了。"

宋城呆呆地望着她，直到脸颊上传来痒痒的感觉，他伸手去摸，发现泪痕纵横交错，湿了整张脸。

"和解吧。"哗哗的雨声中，陶知遇温柔地循循引导，"和那个扭曲的自己，和解吧。"

尾 声

陶知遇捧着一个托盘，走到山脚下的白伞下，坐下。

一旁休闲椅上的方云祈转过头，她把切好的冰镇西瓜递给他，说："尝尝，很甜。"

他接过来，咬了一口，随之而来的沁凉缓解了酷暑的燥热。

七月下旬了，再过两个星期，就要立秋了，虽然未来几天温度并没有下降的趋势，但夏天的确已经走向尾声了。

进入暑假后，影院生意一直很好，周边农家乐也迎来了今年的第一个客流量高峰。因为实在忙不过来，投资方那边的人事部从附近的大学帮忙招聘了一批兼职生。陶知遇偶然一次来看望方云祈时，见此情景，主动要求带宋城来帮忙。

"你们还都未满十八周岁，我不能雇佣。"方云祈毫不犹豫地拒绝了。

"没让你雇佣。"陶知遇伶牙俐齿地反驳，"我们是无偿帮忙。"

本以为是玩笑,谁知,今天她真的和宋城一起来了。

方云祈当然不同意,但他俩都固执得很,并且一再说明,他们已经完成了暑假作业,也征得了家长的同意,堵得他哑口无言。

助理正带着宋城熟悉影院的工作,方云祈特意交代了不需要分派他们太繁重的事务,主要是体会一下进入社会后的工作状态就可以了。

"其实你不用对我们那么贴心。"陶知遇早就看透了方云祈的心思,她抽出一张纸巾擦了擦手指,说,"我和宋城来这里帮忙,是有目的的。"

这下,方云祈倒有点惊诧了,不要报酬,也不能为未来带去实用的工作经验,还能有什么目的?

"还债。"陶知遇挑挑眉,表情中难得露出几分俏皮,"方叔,你不是或多或少地帮过我们吗?"

方云祈笑笑:"你们这么懂得感恩的吗?"

"那当然。"

"承认得倒挺快!"方云祈打趣道,"不过,我也得到了你们的很多帮助。不是你说过的吗?每一个结果都是之前所有选择相加的总和。"

"方叔是个好人。"陶知遇望着窗外无边的夜空,感叹,"我的十六岁被构建成现在的模样,你有很大功劳。最重要的是,你帮我证明了,我此前坚持做的许多事都是正确的。"她转过头,目光落到方云祈脸上,郑重其事道,"你让我接纳了自己,也让我越来越坚定地认为,再也不可能有比如今更好的现状了。"

方云祈看着女孩汗津津的清秀脸庞,微微扬起嘴角:"我们彼此彼此。"

陶知遇回视着他,忽然颇有些神秘地笑了笑:"我妈妈大概很快要再婚了。"

方云祈从她的表情里读出了赞同:"看起来,那个人很不错。"

关于这一点,陶知遇的确不否认。

其实,妈妈还没有正式将那个人介绍给她认识,但陶知遇已经见过了男人和他的孩子。

期末考试刚过去不久,傍晚,她独自出门去买东西。一个五岁的小男孩吃力地拎着一大袋零食,在单元楼门口拦住了她。

他说:"姐姐,这个送给你。"

陶知遇不明所以。

男孩扬起天真无邪的笑容:"姐姐的妈妈给我讲过故事,爸爸说,我应该感谢姐姐,因为你,你的妈妈才那么温柔。"

陶知遇愣了下,有位高大的中年男人站在汽车旁,冲她微笑颔首。

那一刻,她就明白了,那是妈妈的恋爱对象。

她接受了那袋零食,目送男人带着可爱的小男孩离去后,从里面拿出了那个早就注意到的信封。

男人写了一封短信给她,讲述了他和妈妈相遇的场景。

是在市里的一家书店,妈妈趁着午休时间跑到书店看书,工作日的书店顾客很少,同在书店的男人因为有急事要出去一趟,便把小男孩拜托给妈妈照顾一会儿。

妈妈答应了。

大概任谁都会答应,但是,当男人回来时,看到妈妈正在为小男孩讲绘本。

他被那样的她吸引住了。

"我从没有在爸爸那里听到过夸奖妈妈的话。"陶知遇拨开汗湿在脖颈上的长发,用手腕上的发圈松散地绑了个马尾,"但你知道吗?那个男人的信中用了约莫一大半的笔墨来描绘那一刻,我的妈妈有多温柔,多令人心动。"

方云祈微微皱眉:"这男人多大年纪?成年人说这么肉麻的话,不尴尬吗?"

"他在信中说了,除了一份正式的工作之外,他还兼着作家的身份。"陶知遇笑笑,"虽然没什么名气,但业余时间都贡献给了写作,妻子早些年病逝了,一直单身。"她感叹,"如果和爸爸离婚,是为了遇见如今这个懂得欣赏妈妈的人,我觉得他们离婚是对的。"

说完,陶知遇再度转过头,望向方云祈:"如果他们离婚,是为了让我遇见方叔,我也觉得他们离婚是对的。啊!我差点忘了,宋城让我转告你,他以后可以帮你照看陈怡的父母,当然,你得提供资金。"她摊摊手,"我们现在都很穷,给不了他们物质帮助。"

方云祈哭笑不得:"他人都在这儿,干吗不自己告诉我?"

陶知遇回头看了看不断往这边偷瞄的少年,小声笑道:"他不是一向这么别扭嘛!"

第一场电影放映结束了，在短暂的休息间隙，许多顾客打开车门，出来透气，场地顿时变得很喧闹。

然而，就是这样吵嚷的时刻，方云祈发自内心的笑声才不会显得那么突兀。

本打算端着空托盘离开去工作的陶知遇回过头，惊诧地问："为什么笑？"

方云祈的嘴角依然保持着笑容，"过几天，我要带你去见个人。"

"谁？"

"我女朋友。"

这下子，陶知遇倒有些无奈了："方叔，你别误会，我也并不是对每个大人的恋爱故事都感兴趣。"

"不。"方云祈想起沈晏瓷温柔的侧脸。他神秘地笑了，"你一定会感兴趣的。"

也会明白，她对他人生的影响，远比想象中多得多。

曾经陶知遇问过他的一个问题：为什么许多养家鸽的主人，都说一旦养了，就永远无法摆脱？

方云祈那时候给了她一个标准答案：因为家鸽习惯了被喂食，逐渐失去了户外生存的能力。不管你怎么给它自由，它仍然会持续地飞回来。

而他多么希望，自己和陶知遇，能够成为彼此生命中的"家鸽"。

没有血缘关系，但终生相依相伴。

住在农家乐的客人在村子前面的空地上燃放起了烟花，绚丽的花朵绽放在头顶，同时照亮了夜空下的方云祈和陶知遇。

　　静静观赏了一会儿，陶知遇垂下眼睛，突然叫他："方叔。"

　　方云祈抬起头，凝视女孩俏丽的面容，等待她的下文。

　　"你不用担心自己会变老。"

　　"为什么？"

　　"因为，有我陪你一起老。"

——全文终——